슬라브식
연애

박정대, 전윤호, 최준
3인 시집

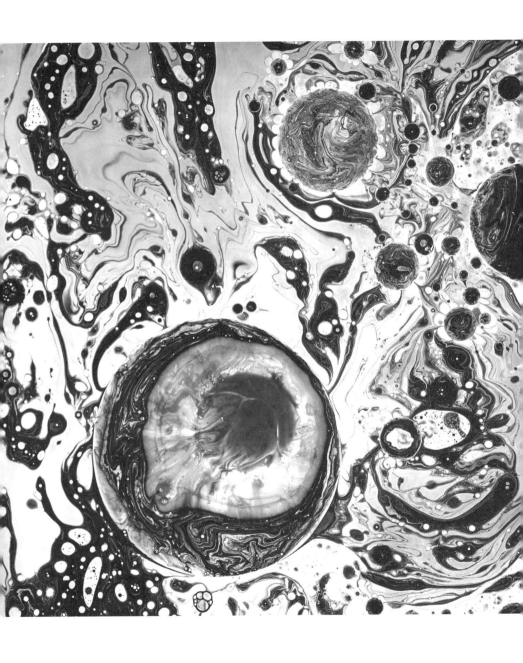

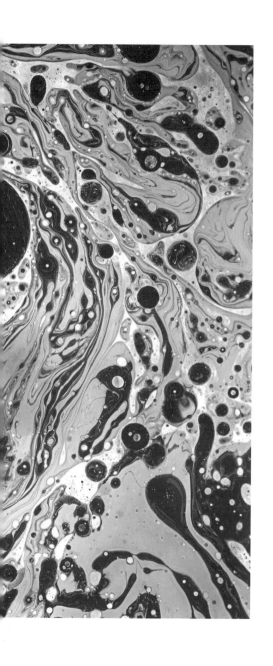

차례

전윤호의 시

어쩌다 실연

최준의 시

몽환시대

해설

슬라브식
연애

박 정 대 의   시

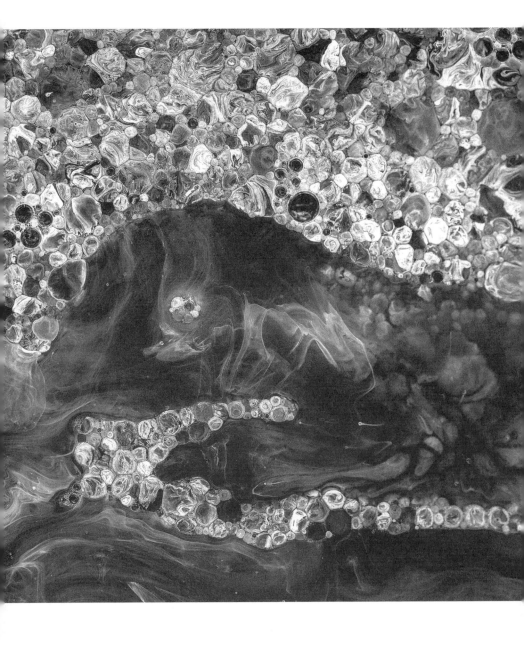

시인의 말

강원도에는 가을이 많다. 겨울은 더 많다. 그리고 밤하늘엔 겨울보다 더 많은 별들이 있다. 그동안 내가 쓴 강원도에 대한 시들을 보며 나는 본질적인 삶에 대하여 오래도록 생각했다. 생각의 한가운데로 별들이 총총 떠오르고 있었다. 별빛 아래 놓인 강원도를 생각했다.

"너무 많은 커피! 너무 많은 담배! 그러나 더 많은 휴식과 사랑을! 더 많은 몽상을!"(「체 게베라가 그려진 지포라이터 관리술」)

왜 갑자기 이 시가 떠올랐는지는 모르겠다. 어차피 삶이란 모르는 것투성이겠지만, 이제사 이것만은 알겠다. 강원도엔 삶이 많다. 본질적인 삶이 많다.

2017년 겨울
박정대

Любовь по-славяхи

Тёмная ночь, когда пьётся тёмное пиво, Предупреждение о сильном снегопаде, который надвигается на материковую часть, в горную долину провинции Канво н-до.

Ветер притягивает за собой темное небо и спустившись, достигает края крыши. В это время я думаю о ночи, когда выпадет белый снег, похожий на кожу Наташи. Думаю о любви по-славянски.

Я человек, боготворящий любовь, на земле всю ночь напролёт думаю о расцветающей любви по-славянски.

Значит, снегопад должен валить три дня и три ночи.

Значит, очаровательной девушкой моего деревенского дома должна быть одинокая женщина, которая, бросив грязную реальность жизни, убежала в глушь горы.

Ночь, когда пьётся темное-претемное, чёрное пиво очень темна и холодна, на материк под названием ≪моя душа≫ приходит предупреждение о снегопаде.

Мы с ней должны быть изолированы этим снегопадом.

슬라브식 연애

Из-за мороза температура наших тел должна годиться друг другу.

Мы должны чувствовать любовь без каких-либо слов только от тепла наших тел.

Всю ночь напролёт мы идём в направлении противоположном от солнца.

В конце этого пути мы станем солнцем.

Жизнь это сон, а значит, мы с ней до конца не должны пробуждаться от своего сна.

Должно становиться всё теплее от тёмного пива, которое мы пьём вместе. Несмотря на то, что будет или не будет идти снег тысячу дней и ночей, Мы с ней должны быть ночью.

Пока мы с ней сами не разожжем солнца, пока мы с ней сами не поймём, что так ое настоящая любовь, пока мы с ней сами не совершим любовь по-славянски.

Мы будем продолжать идти в противоположном направлении от солнца всю ночь.

И в конце этого пути мы станем солнцем.

박정대가 짓고 쓰고 그리다

세상의 모든 하늘은
정선의 가을로 간다

문득 하늘을 보면
세상의 시월
쪽빛 하늘은
문득
정선의 가을로 간다

2017. 10. 26

박정대가 짓고 쓰다

네가 봄이런가
― 김유정에게

간밤 너를 보고 싶은 마음이 실레 마을로 갔다

너에게로 가는 길 이미 봄이 왔다고 생강나무 노오란 꽃잎은 알싸한 향기를 흩날리는데 생강생강 생각나무엔 한줄기 구름처럼 생각이 피어났다

생각이 구름처럼 피어나면 저 밤의 구름들은 또 어디로 흘러가는가

실레 마을로 가는 산비알엔 화안하게 앵두꽃이 피어 너의 생각을 밝혀주고 있었다

쫄쫄 내솟는 샘물소리며 촐랑촐랑 흘러내리는 시냇물소리를 지나 마음은 간신히 실레 마을에 당도하는데

기생 녹주며 봉자 씨의 별이 네 사랑의 기억처럼 실레 마을을 밝히고 있었다

잎이 푸르러 가시던 님이 저렇듯 오롯이 빛나던 밤에는 너도 아마 느티나무라도 심고 싶었을 게다

네가 봄이런가

 산골 나그네처럼 내 마음은 네가 심은 느티나무에 기대어 실레의 별을 보고
있다

 사랑한다, 슬프다, 사랑한다 중얼거리며 봄 속의 또 다른 봄을 보고 있다

 네가 봄이런가

———

* 네가 봄이런가 ─ 네가 봄이런가, 라는 제목은 김유정 사후에 발표된 수필의 제목에서 빌려 온 것
  이다, 네가 봄이런가 중얼거리다 보면 봄은 이미 우리가 꿈꾸던 곳에 당도해 있을 게다, 나는 지금
  그대가 심은 느티나무에 기대어 하염없이 실레의 별을 보고 있다.

춘춘

드럼 연주자가 나오는 영화를 보면서

너를 떠올렸어

피흘리는 손가락에 밴드를 붙이고

심장을 두드리던 곳

안개 자욱한 날이면

새들이 날아와 몸을 숨기던 좁은 골목들

소양로 낡은 2층 건물엔

북 치는 소년이라는 작은 카페도 있었지

그때의 드러머들은 어디로 갔나

그때의 몽상가들은 모두 어디로 갔나

아직도 두드리면 춘춘

소리 날 것 같은 너를 천천

히 걷는다 오

춘천

북 치는 소년이여

이디오피아 카페에 앉아
비무장지대를 생각함

산국화 피면 산국화의 땅 산작약 피면 산작약의 땅

여기는 옛날 옛적 고구려 사람들 구름 냄새 나는 등짐을 짊어지고 오가던 곳

백제 신라적 비단 장수들 타박타박 당나귀 발걸음 음악 삼아 지나가던 곳

고란초 피면 고란초 보며 지나고 두루미천남성 피는 계절에는 두루미와 함께 흘러가던 곳

새들의 울음소리 물안개 따라 아득히 흘러가던 사계절의 통행로

여기는 옛날 옛적 산양과 사향노루와 백두산 호랑이가 함께 어울려 살던 곳

아직도 하늘엔 여전히 검독수리와 참매가 날지만 여기는 수달과 묵납자루와 연어들의 고향, 계룡산 일대에 살던 이끼도롱뇽도 지금은 여기까지 옮겨와 산다네

여기는 비무장 지대, 이끼도롱뇽의 북방한계선

산작약 피면 산작약의 땅 산국화 피면 산국화의 땅

여기는 첨예한 과거가 묻혀 있는 한반도의 심장, 여기는 오래된 미래가 돋아날 세계의 내면

지금은 바람 불고 무장무장 비 내리지만 비로소 이곳에서 한 마리 초원이 꿈틀거리며 돋아나리니

광야를 말 달리던 그대여, 이제 여기에 장엄하고 숭고한 말들을 풀어놓자

그대가 풀어놓은 자유의 말들이 비무장 비무장 말발굽 소리를 내며 광활한 대지를 달리리니

산작약 피면 산작약의 땅 산국화 피면 산국화의 땅

여기는 옛날부터 지금까지 언제나 옛날인 양 의기양양

초저녁별들 하염없이 돋아나는 무한의 솔리튀드 광장이었나니

몰운대에 눈 내릴 때

세상의 끝을 보려고 몰운대에 갔었네
깎아지른 절벽 아래로 사랑보다 더 깊은
눈이 내리고, 눈이 내리고 있었네
강물에 투신하는 건 차마 아득한 눈발뿐
몰운대는 세상의 끝이 아니었네
눈을 들어 바라보면 다시 시작되는 세상
몰운리 마을을 지나 광대골로 이어지고
언제나 우리가 말하던 절망은 하나의 허위였음을
눈 내리는 날 몰운대에 와서 알았네
꿩 꿩 꿩 눈이 내리고 있었네
산꿩들 강물 위로 날고 있었네
불현듯 가슴속으로 밀려드는 그리운 이름들
바람이 달려가며 호명하고 있었네
세상의 끝을 보려고 몰운대에 갔었네
깎아지른 절벽 아래로 사랑보다 더 깊은
눈이 내리고, 눈이 내리고 있었네

강물은 부드러운 손길로 몰운대를 껴안고
그곳에서 나의 그리움은 새롭게 시작되었네
세상의 끝은 또 다른 사랑의 시작이었네

두 달 정선

안녕, 셔릴린 펜* 이제야 너를 떠난다
청자다방의 식은 커피와 구겨진 추억 몇 장
그대로 남겨두고 이제야 너를 떠난다

황혼녘의 엽서는 어둠에 지워졌으니
우리들의 사랑은 진부했구나
별어곡에서 원주까지 눈이 내리고
성냥곽 같은 지붕들이 젖은 날개를 털 때
출렁이는 산맥의 눈발 속으로 잠수해가는
청량리行 야간열차, 바라보면
세상은 온통 젖어 있는 것들로 가득하여
기억의 협곡 사이로 밀려오는
무수한 눈보라
읽혀지지 않는 우리들의 不眠
아아, 어느 황혼녘에
다시 엽서를 띄울 수 있을까

술을 마신다 자작나무 숲의 속삭임과 덜컹거리며
달려가는 청춘의 무모한 질주 사이에서, 글쎄
짐짝같이 출렁이는 저마다의 고독을 가늠하며
나는 떠난다 누군가 子正의 撞球를 치고 있을
그곳을 무슨 終止符처럼 남겨두고 나는 떠난다

안녕, 셔릴린 펜
黃色 필라멘트를 가진
삼십 촉의 추억이여

---

* 셔릴린 펜 — 영화 「Two Moon Junction」에 나오는 주연 여배우

나전 장렬

나전은 비단밭

햇살은 장렬

햇살 좋은 날에는 나전 장렬에나 가야지

그곳에 가서 낮은 언덕엔 뽕나무 심고

가파른 비탈에는 산머루나 길러야지

아침 늦게 눈뜨면 새소리에 귀를 씻고

툇마루에 걸터앉아 상추쌈에 된장국 늦은 아침을 먹어야지

풀꽃 향기 자욱하게 흐르는 앞 강물에

설거지를 하면 오전이 다 지나갈 거야

먼 곳에 대한 그리움 같은 건

마음속에 장뇌삼처럼 묻어두고

그곳에서 고독이나 장렬하게 피워 올리다보면

새들은 햇살을 물고 석양으로 사라졌다가

다시 황혼녘 어둠을 물고 자작나무 산그늘로 스며들겠지

나전은 비단밭

고독은 장렬

고요하게 바람 부는 날에는 나전 장렬에나 가야지

그곳에 가면 청춘이 피워 올린 장작불도 조금씩 사그라들어

잔설 위엔 빛나는 달빛의 밤이 찾아오리니

아궁이에 남아 있는 바알간 숯불로 밤을 밝히면

숨죽였던 사랑도 고요히 피어오르겠지

때늦은 사랑의 밤은 봉창에 어리는 꽃그림자로 피어나리니

마음은 산머루처럼 깊어가고

강물은 음악 소리를 내며 밤새 흘러가겠지

빛나는 고독의 문턱으로 달빛 쏟아지는 밤이면

인생은 여전히 외로운 한 마리 짐승일 테니

꿈꾸듯 조금씩 그대를 사랑해야지

나전은 비단밭

그대는 생의 장렬이니

나 그대를 환하게 꿈꾸는 생의 낮과 밤에는

당나귀 타고 타박타박

비단밭 장렬에나 가야지

가수리는 입을 다무네

그대 영혼이 지상을 빠져나가던 날

북대 다리 지나 제장 마을로 흐르는 물결을 보네

오늘은 안개의 날, 고성산성 터에서부터 내려온 안개들

운치 백운 지나 가수까지 뒤덮고 있는데

오늘은 어느 곳에 장이 섰을까

무성한 나뭇잎들 외투처럼 걸치고

가랑가랑 가랑비에 젖는 나무의 마음

저 고요하게 외롭고 치명적으로 고독한 자세들

오늘은 어느 구름 아래 장이 섰을까

북대 다리 난간에 앉아 담배 한 대 피워 물면

사랑은 입술을 빠져나온 담배 연기

정처 없어라, 사랑하는 마음은

가수리 뼝대보다 가파르니

여전히 정처 없어라

사랑을 하며 사는 생도

가도 가도 오리무중일 뿐이어서

가수리 북대 다리 난간에 앉아

강 물결을 거슬러 오르는

한 무리의 물오리 떼를 보네

오늘은 안개의 날, 그렁그렁 눈물 같은 비가 내려와

가수리 낮은 지붕들만 무겁게 젖어 가는데

지금은 슬프게 지상을 떠난 한 영혼을 위해

고요히 침묵의 노래를 불러야 할 시간

멀리 곰배령 아침가리 지나 불어오는 바람에

가수리 강 물결만 가끔 몸을 뒤척이는데

오늘은 뽀얗게 피어오르는 물안개의 날

북대 다리 난간에 앉아

가수는 입을 다무네

가수리는 입을 다무네

———
* 가수는 입을 다무네, 라는 구절은 어느 외국 시인의 시 제목이며 기형도가 쓴 시의 제목이기도 하며
  최근에는 3호선 버터플라이의 멤버 성기완이 곡을 붙여 노래로 부르기도 했다

───────
왜 문득 그 구절이 생각났을까

오른쪽 날개 위의 천사 혹은 그대 왼쪽 날개 위의 천사는 알겠지

나는 그저 담배 한 대 피워 물고 고요히 입을 다무네, 고양이들은 알겠지, 고양이들은 알리라

아주 고요하게 외롭고 치명적으로 고독했던 어느 영혼이 이 지상을 떠나던 날 나는 강원도 정선 가수리에 있었다

정선 읍내를 에둘러 흘러내려온 강물은 굴암 지나 가수리에서 머뭇거린다

이 강물들은 아마 또 이곳을 지나 송사리 퉁가리 어름치 버들치 쉬리와 더불어 백운 운치 고성리 쪽으로 흘러갈 것이다

살아생전 눈물 많고 인간적이었던 고인의 넋을 애도하듯 가수리 북대 다리 언저리에서도 자욱하게 안개가 피어오르고 있었다

나는 그때 북대 다리 한 모퉁이에 앉아 담배 한 대를 피우며 '두 겹의 생' 혹은 '은밀한 유령의 생'에 대해 생각하고 있었는지도 모른다

자본주의의 개떼들이 서로를 미친 듯 물어뜯는 대한민국의 염통 서울을 빠져나와 아침가리를 지나 곰배령 들꽃을 연주하던 바람 소리를 다 들은 후 나의 소심함은 그렇게 가수리 고요한 물결을 말없이 바라보고 있었던 것이다

가령 소심해서, 너무나 소심해서 아주 은밀하게 세상 사람들의 마음을 흔드는 몇 곳의 풍경을 나는 알고 있다

아마 그날 내가 당도했던 가수리의 풍경도 그런 종류의 것이었을 터이다

나는 이제 백운산 앞을 흐르는 강물을 말없이 바라보며 내 영혼의 동지들을 떠올려 본다

어쩌면 멀리 고성산성 터에서 나를 내려다보고 있을지도 모르는 유령의 동지들

가령, 유가령

그녀가 얼마 전 오랜 동거를 끝내고 양조위와 결혼했다는 소식을 듣고 나는 양조위와 유가령과 장만옥과 장국영과 왕가위를 동시에 떠올렸다

죽은 자가 남긴 천으로 만든다는 키르기스스탄의 전통 카펫 '쿠락'처럼 어쩌면 그들은 큰 가위로 오려 만든 영화에서 조각조각 이어 붙여진 퀼트의 영혼들처럼 나에겐 느껴졌다

영혼의 동지들, 가령 파스칼 키냐르, 볼리비아 산속에서 자신의 생을 끝끝내 온몸으로 밀고나가던 체 게바라, 무대륙에서 홀로 기타를 치며 생을 횡단하던 기완, 장국영이 죽었다고 사람들이 말할 때마다 장구경은 살아있다고 정선은 2,7장이고 진부는 3,8장이라고 떠드는 바보 같은 나

고요한 물결의 흐름을 한 마리 어름치처럼 따라가다 보면 내 영혼의 동지들을 다 만나 볼 수 있을 것만 같았다

무가당 담배 클럽 혹은 리 마빈의 아들들 인터내셔널 동지들에게 내 소심한 담배 불꽃으로 소집 명령이라도 내려 볼까

그러면 사람들은 알까

왼쪽 날개 위의 천사 혹은 그대 오른쪽 날개 위의 천사

저 소심하고 연약해 보이는 유령 같은 사람들이 그래도 여태 이 지구라는 돌덩이를 여기까지 끌고
왔다는 것을

진부 필름 스튜디오에서 만든 단 한 편의 영화를 보여주면 세상 사람들은 알 수 있을까

너무나 가벼워서 자유로운 영혼을 지닌 천사와 유령들이 그들 어깨 위에 앉아 깃털 같이 가벼운
그들의 생을 여전히 보호하고 있다는 것을

그러나 지금은 슬프게 떠나간 한 영혼을 위해 고요히 침묵의 노래를 부를 시간

가수는 입을 다무네

바람이 불고 강 물결이 조금 뒤척일 뿐 가수리는 입을 다무네

— *2009년 5월 23일, 가수리에서*

정선, 오슬로, 가수리

오슬로의 저녁거리를 어슬렁거리다보면 만나게 되지 오슬로의 불빛들 뾰족한 지붕을 가진 집들을 지나면 바이킹의 배들과 마차가 나타나기도 하네 오슬로는 밤거리마다 술집들을 몰래 숨기고 있다네 두꺼운 옷들을 입고 사는 사람들의 깊숙한 심장 같은 술집을 비와 눈이 많이 내리는 이 도시의 지붕들은 그대의 아름다운 구두굽처럼 모두 뾰족하지 그 지붕 아래 사람들이 산다 다양한 피오르가 존재하는 곳 강원도의 탄광지대 같은 협곡을 지나면 나타나는 피오르 거친 자연은 인간 앞에 수줍게 그들의 모습을 보인다네 대자연은 결국 확장된 인간의 상상력 사람들은 배를 타고 피오르를 관광하고 풍경 속엔 갈매기들이 날고 하늘엔 구름이 지나지 물론 규모는 조금 다르지만 송네 피오르의 장관은 강원도 정선의 가수리 같다네 배는 여전히 앞으로 나아가고 배가 고파진 사람들은 인간의 저녁으로 모여들지 오슬로는 북유럽의 정선 송네 피오르는 노르웨이의 가수리 오슬로에 저녁이 오면 깊숙이 숨겨진 술집을 찾아 술이나 마시러 가야겠네 노르웨이의 숲은 항상 청춘의 외곽에 있으므로 오래된 숲과 강물의 향기를 맡으러 나는 오슬로로 가야겠네 정선 가수리로 가야겠네

세상의 모든 하늘은 정선의 가을로 간다

문득 하늘을 보면

세상의 시월 쪽빛 하늘은 모두 정선의 가을로 간다

정선

기 드보르는 어딘가에 집시로 살아 있고(그랬으면 좋겠네)
에밀 쿠스트리차는 자그레브와 사라예보 사이에 있네
짐 자무시는 일기예보 너머 눈 내리는 코케인에 있고
코케인은 쏟아지는 눈발과 허공 사이에 있는 한 점의 섬

장고 라인하르트는 빨랫줄에 걸려 있고
닉 케이브는 베를린의 동굴에 있네
가수리는 눈 내리는 강원도 정선에 있고
정선은 태평양과 한반도 사이에 있는 세계의 내면

가수리의 남쪽에는 그녀가 있고
그녀의 북쪽에는 내가 있네

이것은 가수리 북대 다리 난간에 걸터앉아
영혼의 동지들에게 보내는 고독의 실황 공연
여기는 라디오 레벨데 체 게바라 만세

답게 무장해제 된다, 모든 것이어서 아무 것도 아닌 정선, 늘 떠나왔지만 늘 다시 돌아가고 있는
정선, 내 어머니의 이름 같은 정선, 너무나 보고 싶어 정선아 부르며 달려가면 거기에 없는 정선,
내 청춘과 영혼의 마지막 공화국 정선.
"이 세상에서 가장 멀고도 험한 여행은 귀향하는 것이다"라고 노자는 말하지만 가장 멀고도 험
한 여행을 끝내고 나면 나는 과연 정선에 닿을 것인가, 누군가에게 가 닿고자 하는 필사의 노력
이 사랑이라면 정선은 분명히 나의 사랑일 것이다.
그러나 나의 영혼은 너무나 낡고 오래된 것이어서 필사의 사랑에도 불구하고 아직 허공을 떠돈다,
아직도 태어나지 못하고 허공을 떠도는 내 영혼이 어느 날 하얀 폭설처럼 쏟아져 눈부신 아침의
벌판에 다시 태어난다면 그곳의 이름은 정선이리라

진부라는 곳

———

* 먼저 형식의 평화가 오고 그 후에 본질적인 고요가 왔네

겨울 내내 진부에서 뒹굴었네

낮에는 까마귀와 함께 텅 빈 밭고랑을 바라보고 밤에는 쏟아질 듯 빛나던 별들과 하늘의 거대한 구멍인 달을 보며 진부라는 밤의 초원을 뒹굴었네

간혹 눈발이 흩날리기도 했지만 내 가슴에 쌓일 정도는 아니었네

잠시 흩날리다 사라져버리는 연애 같은 눈발들, 본질적인 고독이란 게 있다면 그것은 어쩌면 그렇게 사라지는 눈발 같은 게 아니었을까 생각하기도 했네

먼저 형식의 평화가 오고 그 후에 본질적인 고요가 왔네

어떤 날은 속초항에서 무작정 페리호를 타고 32시간 동안 북방항로를 항해해 러시아의 블라디보스토크항에 도착하기도 했네

블라디보스토크의 낡은 영화관에서 〈바늘〉이라는 영화를 보기도 했네

카자흐스탄 출신 감독인 라시드 누그마노프의 영화였네

러시아의 밤, 텔레폰성냥 하나로 무가당 담배 클럽 인터내셔널 동지들에게 불꽃의 지령을 타전하기도 했지만 그렇게 무심히 빅또르 쪼이가 출연한 영화 한 편을 보고 몇 잔의 보드카를 마시다가 돌아오기도 했네

겨울 내내 진부를 뒹굴었네

심심하면 자전거를 타고 진부군립도서관에 나가 가스통 바슐라르와 예세닌의 시를 읽기도 했지만 본질적인 고독을 덮을 만큼 함박눈은 내리지 않았네

가끔은 어둠과 더불어 술을 마셨을 뿐, 여전히 내 마음의 캄캄한 밤을 뒤덮을 폭설은 내리지 않았네

오검 문자로 내 마음의 패엽경을 써나가고 싶었네

그러나 나는 오검 문자를 모르므로 티베트어, 몽골어, 아랍어, 타갈로그어, 타밀어, 구자라트어, 굴묵
키어, 벵골어 혹은 딩뱃 기호 및 여러 가지 기호로 나날의 고독을 기록했네

그러나 그것은 읽을 수도 없고 알아볼 수도 없는 고독과 침묵의 기록이었네

먼저 형식의 평화가 오고 그 후에 본질적 고요가 왔네

나 이제 백야를 꿈꾸네

한 계절을 진부에서 뒹굴었으니 내가 꿈꾸는 백야엔 눈발 같은 사랑이 내리고 사랑 같은 눈발이
내리고 있으리

** 오검 문자 ― ㅜㅠㅠㅠㅠㅠㅠㅣㅛㅠㅠㅠ／／＃＃＃＃＋＋＊＊＊＊✕◊ㅎ▓ ▦＝＞＜ 등의 형태로 적는 문자

나타샤 댄스

나타샤가 춤을 춥니다, 아주 깊은 러시아의 밤이구요

그대를 사랑하는 마음으로 나는 난로를 지피고 물을 끓입니다

처음에는 차갑던 물이 서서히 끓어오릅니다, 물론 눈이 펑펑 쏟아지는 밤이구요

흰 눈이 이렇게 펑펑 쏟아지는 밤이면 고통이며 고독도 눈발에 묻혀 고요한 잠에 듭니다

이곳에서는 어디에도 세월이 보이지 않습니다, 세월은 아무도 모르게 자작나무 속에서 자작자작 자신을 쌓아갑니다

땔감이 아주 많이 쌓여 있는 훌륭한 밤입니다

겨울 내내 땔 수 있는 땔감이 있다는 것은 누군가를 사랑할 준비가 되어있다는 것과도 같은 것이지요

나는 아궁이에 불을 지피고 나타샤는 밤새 춤을 춥니다, 이곳은 물론 눈이 펑펑 내리는 러시아의 깊은 밤이구요

톨스토이 할아버지는 하루 종일 숲속에 누워 책을 읽습니다, 레핀 삼촌은 온종일 화덕 옆에서 그림을 그리구요, 나는 오고 가는 열차의 기적 소리를 들으며 기적적으로 평화롭습니다

시베리아 호랑이들은 사람들과 멀리 떨어진 곳에서 그들의 삶을 살아갑니다

먼 별빛들도 지상과는 아주 먼 곳에서 그들의 길을 따라 고요히 흘러갑니다

잘 마른 나무들은 밤새 아궁이에서 그들만의 음악을 연주하구요

나타샤가 춤을 춥니다, 물론 여기는 러시아의 깊은 밤이구요, 펑펑펑 눈이 쏟아지는 러시아의 환한 밤이구요

슬라브식 연애

흑맥주를 마시는 캄캄한 밤, 강원도 내륙 산간 지방에 내려진 폭설주의보

바람이 컴컴한 하늘을 끌고 내려와 민박집 처마 끝에 당도했을 때 나는 나타샤의 살결처럼 하얗게 피어날 폭설의 밤을 생각한다, 슬라브식 연애를 생각한다

나는 연애지상주의자, 지상에서 밤새도록 펼쳐질 슬라브식 연애를 생각한다

그러니까 폭설은 사흘 밤낮을 퍼부어야 하는 것이다

그러니까 내가 묵고 있는 민박집의 아리따운 그녀는 세상이 더러워 세상을 버리고 산골로 들어온 고독한 여인이어야 하는 것이다

흑흑, 흑맥주를 마시는 밤은 아주 캄캄하고 추워 지금 내 마음의 내륙에 내려진 폭설주의보

그러니까 그녀와 나는 폭설에 의해 고립되어야 하는 것이다

너무나 추워 서로의 체온이 간절해져야 하는 것이다

아무 말 없이 체온만으로도 사랑을 느낄 수 있어야 하는 것이다

태양의 반대편으로 우리는 밤새 걸어가는 것이다

그 끝에서 우리가 태양이 되는 것이다

인생은 한바탕의 꿈이라 했으니, 그녀와 나는 끝끝내 꿈속에서 깨어나지 말아야 하는 것이다

함께 흑맥주를 마시며 캄캄하게 계속 따스해져야하는 것이다, 천일 밤낮을 폭설이 내리든 말든 그녀와 나는 계속 밤이어야 하는 것이다

그녀와 내가 스스로 태양을 피워 올릴 때까지, 그녀와 내가 스스로 진정한 사랑의 방식을 터득할 때까지, 그녀와 내가 스스로 슬라브식 연애를 완성시킬 때까지

태양의 반대편으로 우리는 밤새 걸어가는 것이다

그리고 그 끝에서 우리가 태양이 되는 것이다

선禪과 모터사이클 관리술

⌐⌐ .... ♪ **8275쪽, 텔레폰성냥**

저녁 무렵 털털거리는 모터사이클을 몰고 눈 쌓인 상원사 길을 내려온다

눈 쌓인 길 위에 난 바퀴자국이 티베트 독립운동사처럼 외롭다

가끔은 격렬해도 좋을 텐데 자기 머리통에다 확 불꽃을 그어버리는 저 한
마리의 성냥처럼 꿈꾸는 것들은 그들만의 꿈꾸는 속도로 그렇게 화악 달려
가도 좋을 텐데, 모터사이클은 이십 킬로미터 속도로 툴툴거리며 상원사에
서 월정사까지의 길을 그렇게 내려온다

그리고 나는 눈 쌓인 비포장도로를 내려오며 옛날에 풍로에 불을 붙일 때
쓰던, 누런 나무판자 같은 바탕에 검은 전화기가 그려져 있던 텔레폰성냥을
떠올린다

뚜껑을 열면 약 오백 마리의 성냥알들이 금방이라도 봉기할 고독처럼 침묵
하고 있던 그 성냥

그래, 오늘은 진부 읍내를 다 뒤져서라도 꼭 텔레폰성냥을 찾아내는 거야

가끔은 격렬해도 좋을 저 착하고 순한 영혼들을 위해서라도 오늘은 기어이 텔레폰성냥을 찾아내 그들에게 불꽃으로 전화할 거야

그리고 순하고 밝은 흰색 양초도 하나 구해야지

촛불이 타오르면서 혁명이 시작될 테니까

혁명은 촛불 속에서만 가능할 테니까

가능한 혁명 속에서 어쩌면 우리는 타자에 대한 불가능한 사랑을 그래도 꿈꿀 수 있을 테니까

그래서 촛불이 필요할 테니까

그러니까 오늘밤 나는 텔레폰성냥을 꼭 구해야하는 거야

나는 진부 읍내를 돌며 텔레폰성냥을 팔만한 가게들을 하나씩 뒤지기 시작
했다

그러나 내가 찾는 텔레폰성냥은 보이지 않고 엉뚱하게도 나는 창가에 놓아둘
소엽란 한 분과 밤이면 누군가 어둠 속에서 나를 쳐다보는 것만 같아 꺼림칙했
던 쪽문을 가릴 작은 손수건 두 장을 샀다

물론 양면테이프도 하나, 그건 내면과 외계의 경계에 작은 손수건 커튼을
달기 위한 투명한 소품이니까

그런데 그날 밤 텔레폰성냥은 의외의 장소에서 발견되었다

나는 작은 구멍가게만을 뒤지고 다녔는데 막상 텔레폰성냥 찾는 것을 거의
포기하고 들어간 하나로마트의 아주 구석진 맨 아래 진열장에 텔레폰성냥은
꿈꾸듯 누워 있었다

그날 밤, 나는 내가 발견한 텔레폰성냥에게 '프리 티베트'라는 이름을 붙여
주었다

☄ ☌ ☽ ☡ 9002쪽, 진부 게르 악사

이곳에 내려와 푸른 하늘을 볼 때면 흘러가는 구름들에게 안녕, 인사를
하곤 해

그러면 구름들은 내 머리 위에 커다란 천막을 만들어 나를 그 속으로 초대
하기도 하지

강릉 신복사 터 석탑처럼 월정사 팔각구층석탑 앞에도 '공양하는 보살 좌상'
이 있어

나는 그녀와 안면이 있으므로 월정사 본당 마당에 들어설 때마다 안녕, 그녀
에게 인사를 하곤 하지

그리고 대웅전 쪽에서 볼 때 좌측에 위치한 고로쇠나무에게도 물론 나는 안녕, 인사를 해

그리곤 시계 반대 방향으로 탑돌이를 하지, 물론 딱 한 번, 그리곤 다시 한 번 안녕, 월정사 전나무 숲 전체에게 인사를 하는 거야

상원사 동종에게 인사하러 가기 위해서지, 안녕, 상원사 동종도 안녕, 안녕

이렇게 인사를 다 마치고 나면 햇살 좋은 상원사 길을 툴툴거리며 내려와 지상에 있는 천국으로 가는 거야

진부군립도서관은 가스통 바슐라르의 천국의 도서관은 아니더라도 지상에 있는 천국의 하나지

난 거기에 들러 조르주 페렉의 『인생사용법』을 읽기도 하고 러시아 고전 문학에 나오는 「이고리 원정기」나 「율리야니아 이야기」를 읽기도 해

그리고 가끔은 이북으로 넘어가 처형당한 임화의 前史期 시를 다시 읽기도
하지

진부군립도서관은 평일은 아침 아홉시에서 저녁 열시까지 주말과 일요일은
저녁 여섯시까지 문을 열지

물론 월요일은 휴관이야

몽마르트르 언덕에 있는 라펭 아질도 월요일은 문을 닫거든

나도 월요일은 쉬고 싶어

난 게르의 악사니까, 게으른 악사니까

≈ ⟩ ☗ ▓ ↝ 1905~44쪽, 타오르는 마음의 혁명 호텔

얼음이 언 바다를 쇄빙선을 앞세우고 배가 나아간다

속초를 출발한 페리는 얼음 바다를 지나 중간 기착지인 러시아의 자루비노 항에 잠시 정박한다

살갗을 에는 듯한 추위, 그러나 오늘 현재 울란바토르의 기온은 영하 31도 이므로 이 정도의 추위는 잊어야 한다

잠시 후 페리는 '동방을 정복하라'항으로 다시 출발한다

속초에서 블라디보스토크까지는 항해 시간 32시간, 뱃길 685㎞

멀리 블라디보스토크의 불빛들이 반짝이고 드디어 내가 탄 배는 블라디보스 토크항에 입항한다

한때 러시아의 극동함대가 주둔했던 이곳에서 나는 무엇을 해야 하나

일단은 항구에서 빠져나와 역 쪽으로 간다

지금 이 순간 나는 시베리아 횡단 열차의 출발지이며 동시에 대륙 횡단 열차의 종점인 블라디보스토크 역으로 가서 열차에 올라탈 수도 있고 낡고 오래된 전철이나 버스를 타고 시내를 돌아볼 수도 있다

그러나 우선 나는 역 앞의 '10월 25일 거리'를 걷는다

블라디보스토크의 겨울바람은 매섭다

어디 식당이라도 들어가 뜨끈한 국물 요리라도 한 그릇 먹으면 좋겠는데 나는 키릴 문자를 전혀 읽을 줄 모르므로 그저 길가의 간판을 보며 한없이 걸어간다

10월 25일 거리를 계속 걸어가면 길은 레닌 대로로 이어지고 깃발과 나팔을 든 병사의 동상이 서 있는 보르초프 레볼류치 광장이 나온다

아니 내가 걸어가는 길 끝으로는 아마 아무르 강이 흐르고 있을 것이다

그러나 나는 지금 배가 고프고 너무 추우므로 시장 쪽으로 발길을 돌린다

러시아식 수프와 보드카를 한잔 마시고 다시 거리를 어슬렁거리다가 뒷골목에서 낡은 영화관을 하나 발견한다

영화관의 포스터에는 빅또르 쪼이의 모습이 그려져 있다

아아, 블라디보스토크에서 빅또르 쪼이라니!

키릴 문자를 모르는 나는 무작정 영화관 쪽으로 간다

아직 몇 점 남아있는 햇볕을 아껴가며 영화관 계단에서 검은 색 털을 고르던 몇 마리의 고양이들이 내 앞길을 가로막는다

아, 러시아산 작은 호랑이들, 러시아에도 길고양이들이 있었구나

나중에 알았지만 내가 블라디보스토크에서 본 그 영화는 카자흐스탄 출신 감독인 라시드 누그마노프의 〈바늘〉이었다

빅또르 쪼이가 살아생전 주인공으로 출연한 영화가 있었다니

그것을 블라디보스토크의 뒷골목 이름도 모르는 낡은 영화관에서 보게 되다니

아마 내가 속초에서부터 배를 타고 거의 하루 반나절을 달려온 것은 이 영화를 보기 위해서였나보다

사실 국내에는 잘 알려지지 않았지만 내가 좋아하는 중앙아시아 쪽 감독은 늑대 사냥꾼의 모습을 담은 〈사냥꾼〉을 찍은 카자흐 출신 감독 세릭 아프리모프나 키르기스스탄의 전통을 아름다운 영상으로 보여준 〈양자〉를 찍은 악탄 압디칼리코프다

특히 악탄 압디칼리코프 감독은 자신의 아들인 밀란 압디칼리코프를 자기 영화의 페르소나로 등장시키지

그의 영화에는 '쿠락'이라는 키르기스의 전통 카펫이 자주 등장하지

'쿠락'이란 죽은 사람이 남긴 천들을 아주 작은 조각으로 만들어 이어 붙여 만드는 카펫인데 키르기스 사람들은 그 카펫에 죽은 사람의 영혼이 남아 있다고 믿지

악탄 감독은 '쿠락'이라는 카펫을 자기 영화의 밑바탕에 깔아 놓음으로써 수천 년을 이어온 유목민들의 영혼을 자신의 영화를 통해 체현하고 있는 것이지

아무튼 〈바늘〉이라는 영화를 보고 밖으로 나오자 벌써 '10월 25일 거리'는 서서히 '10월 25일의 저녁 일곱 시' 정도로 어두워져 있었다

러시아의 밤, 오늘밤 난 블라디보스토크 역 근처에 있다는 낡고 오래된 '타오르는 마음의 혁명 호텔'에서 묵으리라

마야콥스키의 시를 읽으며 나타샤도 올가도 없는 러시아의 선술집에서 보드카를 마시고 언 가슴을 녹이리라

'동방을 정복하라'는 지령을 받은 도시 블라디보스토크의 저녁을 내가 접수하리라

빅또르 쪼이의 노래를 흥얼거리며 텔레폰성냥 하나로 무가당 담배 클럽 인터내셔널 동지들에게 불꽃의 지령을 타전하리라

첫 번째 지령, 세계의 모든 얼음 바다를 얼음 맥주 바다로 만들 것

두 번째 지령, 은밀하게 할 것

　ㅣ

세 번째 지령, 어떤 일이 있어도 은밀하게 진행할 것

마지막 지령, 남극 펭귄, 북극곰, 알바트로스, 스쿠아, 일각고래, 바다표범들 중에서 심장이 뛰고 있는 모든 생명체들을 동지로 규합할 것, 나머지 자세한 행동지침은 '리 마빈의 아들들 인터내셔널'지 44쪽 참조, 이상

☆ ⟫ **2081쪽, 이스파한**

러시아에서 돌아온 후 몹시 몸이 좋지 않아 하루 종일 게르에 누워 따스한 곳을 꿈꾸었다

카멜 담배를 피워 물고 카라반을 따라 이맘 광장이 있다는 이스파한에 가고 싶었다

그렇게 낙타 대상들을 따라 한없이 가다보면 저녁 무렵 긴 회랑과 호텔이 있는 이스파한의 이맘 광장에 당도할 수 있을 것 같았다

회랑에는 거대한 바자르가 있고 광장의 가운데는 폴로경기장이 있으며 아름다운 정원에는 꽃들이 만발한 이맘 광장에 도착하면 나는 페르시아의 밤 한가운데 서서 텔레폰성냥의 불꽃같은 별을 볼 수 있을 것 같았다

'밤'이라는 뜻의 이름을 가진 이스파한의 처녀 라일라와 함께 카주 다리도 걷고 맛있는 양고기 요리도 먹고 나의 기타 까마리 공작을 두드리며 함께 노래도 부르면 좋으련만, 멘델레예프의 원소주기율표처럼 늘어진 나의 밤은 내 피곤한 육체가 그저 떠도는 원소들의 일시적인 집합체임을 일깨워주었다

백사십억 년 전 우주에 대폭발이 있은 후 지구가 생겨났다

중성자, 양자, 전자가 모여 원소를 이루었다

라브아지에 때는 33종의 원소가 발견되었다

멘델레예프 때는 63종의 원소가 발견되었다

지금은 118개의 원소다

그렇다, '질량보존의 법칙'이라는 화학적 관점에서 볼 때 지금 나의 육체는 거의 흩어지기 일보 직전 겨우 존재하는 '떠도는 원소들의 혼합물'일 뿐인 것이다

———

* 선禪과 모터사이클 관리술 — 딩뱃 고원의 저녁이다, 『선禪과 모터사이클 관리술』은 로버트 M. 피어시그가 쓴 글의 제목이지만 위의 시와는 아무런 관련이 없을 것이다, 정말 아무런 관련이 없을까, 아마도 그럴 것이다, 딩뱃 고원의 시들은 태어날 때 세상의 제목 아래로 입양되기도 한 다, 그러나 태어나 자라면서 형성되는 한 마리 시의 정체성은 저 스스로의 詩生을 통해 끊임없 이 변해갈 것이다, 이것이 시들의 숙명이다, 나는 가끔씩 시의 탄생과 소멸에 미력으로나마 참 여하지만 그들의 미래를 알 수도 없고 관여할 수도 없다, 아마도 그럴 것이다, 고백컨대, 나는 아직도 여전히 시와 산문의 경계를 잘 모르겠다, 나는 다만 내가 쓰는 글들이 늘 시 쪽에 가깝게 있기를 바랄 뿐이다, 하지만 그것도 하나의 바람일 뿐이란 걸 나는 안다, 가끔 니체나 키냐르의 글이 시로 읽히는 걸 보면 시는 어디에나 있고 시는 또한 아무 데도 없다는 생각, 오래간만에 시 생각에 잠겨 고요히 저무는 딩뱃 고원의 저녁이다, 혹시 딩뱃 고원에 대해 궁금한 것이 있다면 '리 마빈의 아들들 인터내셔널'지 44쪽 참조, 이상

말을 보여줄게 노래를 해봐

— 소설가 김도연에게

너에게 말을 보여주고 싶었어, 가령 조금 비뚤어진 요렇게 생긴 말 한 마리

딩뱃 고원

러시아 혁명사를 싣고 가는 밤

고백처럼 몇 마리의 말이 갔다, 말은 되돌아오지 않았다, 별들이 쏟아질듯
빛나던 약사전길이었다

원주나 만종 근처 409번 국도를 따라 누군가 러시아를 향해 달려가던
깊은 밤이었다

죽은 빅또르 쪼이의 노래를 듣는 것도 좋았겠으나, 차 뒤편에 실린 낡고
오래된 러시아 혁명사만이 허밍으로 출렁거리던 아주 깊고도 고요한 밤이
었다

의기양양(계속 걷기 위한 삼중주)

이 시는 대부분 뒷부분부터 씌어졌다

*

양양 멀지도 가깝지도 않은 양양 예전에는 차를 타고 밤에 많이 지나가기도 했지 멀지도 가깝지도 않은 양양 공항이 있다는 이야기를 들었는데 비행기는 여전히 뜨고 내리는지 영화 「강원도의 힘」에도 잠깐 나왔던가 멀지도 가깝지도 않은 양양 대포항에서 가까운 양양 정선에서도 가까운 양양 그러나 서울에서는 멀지도 가깝지도 않은 양양 어느 날인가 밝은 대낮에 양양을 지나다 바람에 흔들리는 갈대를 보며 갈대밭 너머 어디쯤 살고 싶다는 생각을 하기도 했지

*

초속 5센티미터로 벚꽃이 떨어진다면 저 벚꽃처럼 떨어지고 있는 별들이 나에게 당도하는 시간은 언제쯤일까

벚꽃에도 떨어지는 속도가 있다면 지금 내가 추락하고 있는 속도는 대략 초속 0.00000823센티미터

이것은 중력의 문제, 벚꽃보다는 느리고 별들보다는 빠른 사라짐의 문제

*

아무르, 아무르, 말이 달리고 있다 의기양양 빛나는 태양의 시간 여기는 시의 대낮 시가 무엇인지 아는 시인은 거의 없다 눈먼 갈기를 휘날리며 전력 질주하는 말이 있을 뿐이다 말이 달려가 당도할 시의 영토에 함께 도착하는 시인은 거의 없다

그게 시인이다

*

시인 김정환은 28서울하노이전인대에 참석하지 않았다

밤늦게 몇 명의 시인이 28서울하노이전인대에 참석하기 위하여 코케인으로 몰려들었다, 알고 보니 시인 김정환이 '28서울하노이전인대'였다

28서울하노이전인대에서 내가 한 말은 속기록에서 삭제되었다

열여덟, 망좆 같은 별들이 빛나는 밤이었다

*

　양양이라는 말로 시작되어 양양이라는 말로 끝나는 시를 쓰고 싶었지 멀
지도 가깝지도 않은 양양 비행기를 타고 양양에 가고 싶었는데 비행기는 여
전히 뜨고 내리는지 삶에 지친 날에는 양양 갈대밭에 드러누워 의기양양 바
람 소리 듣고 싶었는데 바람은 이미 양양을 다 지나가고 남대천 물고기들을
어디에 다 숨겼는지 물고기 가녀린 숨결에 돛을 달고 머언 바다로 나가고
싶었는데 아무리 생각해도 아무리 나아가도 바다는 없네 멀지도 가깝지도
않은 바다 멀리에도 가까이에도 없는 바다

*

푸른 외투, 푸른 외투를 걸친 밤하늘, 참을 수 없는 외투의 가벼움으로 펑펑 쏟아지는 눈발 같은 별빛

이곳에서는 오직 프록코트를 입은 이들만이 살아남는다

*

시가 이 세상의 공기를 바꾼다 시인들이 필사적으로 시를 쓰는 이유다 모든 혁명은 시로부터 온다고 사람들은 말하지만 그 말에서 안장 같은 '혁명'은 빼고 말하겠다

단언컨대 모든 것은 시로부터 온다

*

아무리 시를 써도 세상의 공기가 달라지지 않는다

나는 이 세상의 냄새가 여전히 역겹다

역병처럼 창궐하는 햇살 아래서 도무지 몸을 숨길 곳이 없다

아이들이 웃는다, 다들 미쳤다

고독 같은 건 이미 서랍 속에 넣어두었다

어, 떻, 게, 살, 것, 인, 가

칼과 프리드리히는 저녁마다 골목의 술집들을 순례하며 행복했을까

(아마 행복했을 거야 미친 듯이 조롱할 수 있는 세상이 있었으니까 함께
술 마시고 함께 떠들 수 있는 친구가 있었으니까)

프리드리히 엥겔스는 칼 맑스의 친구, 칼 마르크스는 프리드리히 엥겔스의 친구

어린 시절의 동무들을 생각하는 밤이다

프리드리히라는 이름의 칼이 있다면 나는 그 칼로 단숨에 이 세계를 베어버리겠다

창가에 놓여 있는 작은 화분들, 작은 행성들

하나의 행성이 몰락하고 또 하나의 행성이 시작될 때 우리는 어디로 이주해야 하는가

*

  죽는다는 건 다시 영원한 꿈을 꾸기 시작하는 것 나는 단지 나의 삶일 뿐
만 아니라 나의 無이기도 하며 별들의 형제이기도 하다 나를 이루는 소립자
는 가장 멀리 있는 세계의 소립자와 똑같으니까

  이것은 이합과 집산의 문제

*

　양양, 사뮈엘 베케트를 다시 읽고 있어, 고도를 기다리고 있진 않아, 아니 어쩌면 간절히 고도를 기다리고 있는지도 몰라(내가 고도거든!)

　빵을 사러 가야하는데 사뮈엘 베케트 멀지도 가깝지도 않은 파리 바케트 팥소가 듬뿍 든 빵을 먹고 싶은데 혈당 수치가 너무 높아 멀지도 가깝지도 않은 죽음 의사는 모든 음료수의 섭취를 금지했지

　멀지도 가깝지도 않은 양양, 양양에 가면 이 세상의 모든 액체를 다시 마실 수 있을까, 이 세상의 모든 액체를 마시고 너와 함께 기화될 수 있을까, 한 점 구름 되어 아주 멀리 날아갈 수 있을까

　멀지도 가깝지도 않은 먼 곳

*

명명할 수 없는 것들

시에 붙이는 제목은 무슨 의미가 있는가, 몸통에 달라붙는 이름은 무슨 의
미가 있는가

가령 나는 이 시에 아무르라는 제목을 붙일 수 있다, 그렇다고 이 시가 무
엇이 달라지겠는가

단언컨대 아름다움이란 자발적이다

게랑드는 무엇인가, 일설에 의하면 소금 생산지라는 소문이 있지만 게랑
드가 무엇이든 내가 잠들어 있을 때 게랑드는 왔다

카마르그 습지를 생각하면 철새들이 날고 갈기를 휘날리며 달리는 말이
보이고 염전을 일구는 인간의 노동이 보인다

히말라야는 눈이 내리는 곳

눈표범은 히말라야의 목걸이

히말라야의 목걸이를 목에 걸고 오늘도 나는 히말라야를 걷는다 의기양양
(계속)

우리는 밤중에 배회하고 소멸한다

누군가 담배 한 대를 피워 물면 이스파한 이스파한 피어오르는 담배 연기

우리는 우주의 끝에 있어도 서로 연결되어 있나니

우리는 밤중에 배회하고 소멸한다

테헤란, 이스파한, 야즈드, 쉬라즈, 이란의 도시를 떠돌며 나는 줄곧 아후라 마즈다의 세 가지 가르침을 생각했다 좋은 생각, 좋은 말, 좋은 행동

좋은 생각을 해야 하는데 세계는 그것과 부합되지 않는다

좋은 말을 하고 싶은데 들어 줄 사람이 없다

좋은 행동을 하고 싶은데 그것은 대체로 고독의 몸짓이다 다시 생각해 보아도 인류는 글렀다 아니 아후라 마즈다는 틀렸다

이란에서의 반정부 활동은 술을 마시는 것 한국에서의 반정부 활동은 담배를 직접 재배해 말아 피우는 것

쉬라즈 와인은 세계적인 와인이다 쉬라즈에 사는 어떤 사람도 쉬라즈 와인을 공식적으로 마시지 못한다

쉬라즈에서 우리는 쉬라즈 와인을 마셨다 아후라 마즈다가 마침내 시인했다 그래, 너희가 시인이다

이스파한 이맘 광장 옆에 있는 지하 카페에서 우리는 물담배를 나누어 피우며 물담배 동맹을 결성했다

물담배 연기처럼 자욱한 또 하나의 세계에서 우리는 결사적으로 외로웠으므로 결사적으로 물담배를 피웠다 이스파한 물담배 동맹의 시작이었다

탕헤르의 골목 어귀 한 카페에서 야스민은 인간의 목소리로 노래한다

아담은 야스민의 목소리에서 인류를 구원할 목소리를 듣는다

인류를 구원할 목소리란 무엇인가 그것은 지금 나에게 들려오는 그대 목소리
로부터 오리니 그 목소리가 어느 날 인류를 구원하리라

한 여인이 물통을 들고 안개 자욱한 들판 쪽으로 걸어갔다

이런 풍경은 바로 음악이 된다 가령 그것은 아주 슬픈 음악이 될 것이다

인류의 미래는 시인에게 달려 있다

인류는 더 이상 진보하지 않을 것이다 시인들은 더 이상 시를 쓰지 않고
침묵할 것이기 때문이다

다시 말하건대 인류여, 이쯤에서 끝내자

까마귀처럼 고개를 갸웃거리며 검은 외투를 입고 찾아오는 밤

이스파한 물담배 동맹, 오슬로 오솔길 동맹, 까마귀 벨벳 외투 동맹, 어두운 밤이 오면 흑흑 흑맥주 동맹

세상의 모든 동맹을 생각하는 밤이다 그러나 세상의 모든 동맹은 설상가상의 밤에 한 줌의 숨결로 맺어져 속수무책으로 펄럭이나니

우리는 밤중에 배회하고 소멸한다

참으로 멀리 갔던 마음이 고요히 돌아오는 시간이면 우주는 혀끝에서 침묵으로 맴돌고 내가 말을 하면 우주에 굉음이 일어날 텐데 또 몇 개의 별들이 폭발할 텐데 나의 침묵이 우주의 고요를 돕는 시간이면 갯벌에는 망둥어가 뛰고 황새치는 먼 바다 고향으로 나아가고 마음은 다 헤진 짚신처럼 절뚝이며 내게 돌아오느니

우리는 밤중에 배회하고 소멸한다

오전 열한 시의 나무 아래서 나는 한밤중의 시를 쓴다 내가 할 수 있는 일은 펜을 움직여 우주의 운행을 돕는 일 그러나 지금은 인류를 향해 경고 같은 마지막 숨결의 시를 쓴다 마치 알래스카에서 자신이 관찰하던 곰에 죽임을 당한 어느 비운의 사내처럼 알래스카의 바람처럼 어느 날 문득 우리는 지상에서 사라지리니

　우리는 밤중에 배회하고 소멸한다

　무엇엔가 사로잡힌 영혼들이 절뚝이며 걸어가는 밤 그 밤을 고요히 덮어주려고 남반구의 구월에 올해의 마지막 눈이 내리는데 오전 열한 시의 북반구에서 누군가 방금 눈을 떠 눈앞에 아득히 펼쳐진 자정의 모래사막을 응시한다

　자정 이후의 세상은 망상이어서 오, 비 내리는 삼척에 있는 망상일 뿐이어서

　우리는 밤 열차를 타지 못하고 끝내 망상에 들지 못하나니

　우리는 밤중에 배회하고 소멸한다

너무나 아름답고 장엄한 마지막 인사

이런 저녁에는 너무나 아름답고 장엄한 마지막 인사를 하기가 두렵다, 그저 타쉬 델레, 타쉬 델레

그대는 너무 멀거나 너무 가까운 곳에 있지만 이렇게 창문 가득 바람이 불어오는 저녁에는 그저 그대 생각에 두렵고도 황홀하게, 타쉬 델레, 타쉬 델레

커피를 한 잔 마시고 담배를 한 대 피워 물며 초저녁 별들을 향해 안녕, 인사를 하면

타쉬 델레, 타쉬 델레, 28명의 천사가 지나간다

여기는 하슬라, 실직, 도원

* 타쉬 델레는 티베트 말로 안녕하세요, 라는 말이다

나는 오늘도 하슬라, 실직, 도원의 밤하늘을 향해 타쉬 델레, 라고 고요하고 나직이 인사를 보낼 뿐이다
하슬라, 실직, 도원은 강릉, 삼척, 정선의 옛 이름이다

하슬라, 실직, 도원의 트라이앵글 위에는 예나 지금이나 별들이 많다
28수(宿)는 중국에서 달의 공전주기가 27.32일이라는 것에 착안하여 적도대(赤道帶)를 28개
의 구역으로 나눈 것으로, 각 구역이 각각의 수(宿)이다, 성수(星宿)라고도 한다, 달이 매일 유
숙하는 곳이라는 뜻에서 유래한 말이다

달의 항성에 대한 공전주기가 27.32일이라는 데서 적도대를 28개의 구역으로 나눈 것이다, 이
각 구역이 각각 수(宿)이다

28수는 편의상 7개씩 묶어서 4개의 7사(舍)로 구별하여 각각 동·서·남·북을 상징하도록 하였
는데, 이 4개의 7사에 속하는 별은 다음과 같다

동방 각(角)·항(亢)·저(氐)·방(房)·심(心)·미(尾)·기(箕) 7개의 성수(星宿), 북방 두(斗)·우
(牛)·여(女)·허(虛)·위(危)·실(室)·벽(壁) 7개의 성수, 서방 규(奎)·루(婁)·위(胃)·묘(昴)·필
(畢)·자(觜)·삼(參) 7개의 성수, 남방 정(井)·귀(鬼)·유(柳)·성(星)·장(張)·익(翼)·진(軫) 7개
의 성수들을 말한다

너무나 아름답고 장엄한 벨라 타르의 마지막 인사라고 스크린인터내셔널은 말했다

1889년 1월 3일 토리노, 니체는 마부의 채찍질에도 꿈쩍 않는 말에게 달려가 목에 팔을 감으며 흐느낀다

그 후 니체는 '어머니, 저는 바보였어요'라는 마지막 말을 웅얼거리고 10년간 식물인간에 가까운 삶을 살다가 세상을 떠난다

어느 시골 마을, 마부와 그의 딸 그리고 늙은 말이 함께 살고 있다

밖에서는 거센 폭풍이 불어오고 매일매일 되풀이되는 단조로운 일상 속에 아주 조금씩 변화가 생겨나기 시작한다

벨라 타르의 영화 〈토리노의 말〉 시놉시스를 읽다가 그의 프로필을 본다

그는 은발을 꽁지머리로 묶고 눈을 감은 채 왼손으로 담배를 피워 물고 있다

벨라 타르의 담배 연기는 그의 지그시 감긴 눈 근처를 영혼처럼 배회한다

나는 벨라 타르의 담배 연기를 보며 〈토리노의 말〉을 생각하고 있다

〈토리노의 말〉은 침묵을 통해 폭풍으로 가는 길을 보여준다 아니 어쩌면 폭풍을 통해 침묵으로 가는 길을 보여준다

벨라 타르의 담배 연기는 가늘고 길다

나는 그의 담배 연기를 보며 오래도록 어떤 길에 대하여 생각했다, 어떤 길은 영혼의 한 형태를 보여준다

'너무나 아름답고 장엄한 벨라 타르의 마지막 인사'라고 스크린인터내셔널은 말했다

'너무나 아름답고 장엄한 마지막 인사를 우리는 알지 못한다'고 인터내셔널 포에트리 급진 오랑캐들은 대답한다

그들은 그저 28성수나 바라보며 타쉬 델레, 타쉬 델레 인사나 할 뿐이다

**어쩌다
실연**

전 윤 호 의 시

"춘천은 시골 아이들에게 시를 가르쳤다.
평생 고치지 못할 고질병처럼."

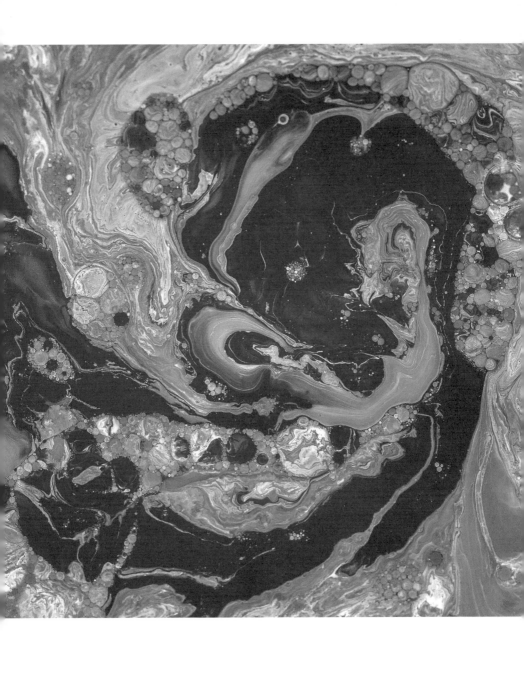

시인의 말

1982년 춘천에서 박정대는 강원사대부고 1학년이었고 나는 강원고등학교 2학년이었으며 최준은 같은 학교 졸업반이었다.

정선에서 자란 아들들은 좋은 대학 보내려는 부모들의 기대를 받으며 도청 소재지로 와서 학교를 다녔지만 명문대 진학에 도움이 안되는 시에 눈을 뜨고 있었다. 어쩌면 시를 만나서 구원을 받았는지도 모르겠으나 사람들은 공부 안 하고 딴짓한다 생각했다.

군사 정권이 들어선 세상은 사나웠고 학생들도 교련복을 입고 제식 훈련을 받던 시절이었다. 아침이면 길을 막던 안개처럼 모든 게 하반신을 감추고 있었다. 어른들도 잘못 된 세상을 잘못 됐다 말하지 못하던 시절.

춘천은 시골 아이들에게 시를 가르쳤다. 평생 고치지 못할 고질병처럼.

2017년 겨울
전윤호

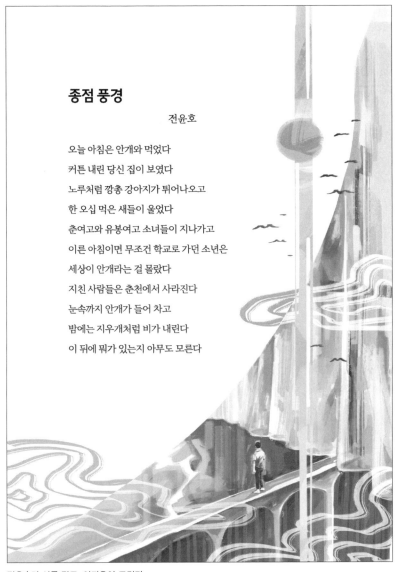

종점 풍경

전윤호

오늘 아침은 안개와 먹었다
커튼 내린 당신 집이 보였다
노루처럼 깡총 강아지가 튀어나오고
한 오십 먹은 새들이 울었다
춘여고와 유봉여고 소녀들이 지나가고
이른 아침이면 무조건 학교로 가던 소년은
세상이 안개라는 걸 몰랐다
지친 사람들은 춘천에서 사라진다
눈속까지 안개가 들어 차고
밤에는 지우개처럼 비가 내린다
이 뒤에 뭐가 있는지 아무도 모른다

전윤호가 시를 짓고, 이지윤이 그리다

안개고등학교

전윤호

학교 가는 길을 찾을 수가 없어요 아버지
약사동 고개는 온통
안개들만 득실거려요
어딘가 교문초가 있었을 텐데
살짝 어깨 위로만 보이는 소녀들이
끄드뿍 숫구쳐 올랐다 사라져요
글씨가 지워진 교과서를 들고
입에서 안개를 뱉어내는 선생들이
저를 대학으로 빛내줄까요 아버지
맑은 날 머리 깎고 엄학한 아이들은
허공에 뿌려 내리고 화석 위를 떠다니다
너무 일찍 깨달아요 신기루가 빛는 세상을
집으로 가는 길을 찾을 수가 없어요 아버지
우리는 이제 여기서 헤어지네요
안개고등학교는 고아들을 길러내지요

2017. 11. 13
윤씨·겸 최준

전윤호의 시를 최준이 쓰고 그리다

회전문

詩 전윤호   金春배 畵

돌아보니 세상은 치정이더라
마음만으로 되지 않더라
푸른 하늘 노리며 저만 붉다는 단풍
잠지도 못하면서 울고 있는 폭포
돌아보니 그대는 소경이더라
놓을 수 없는 지팡이처럼
너랑 앞에서 제 생각만 하더라
이제 이 문을 지나 허물을 벗으면
오봉산 정봉사 푸른 문이 되리니
인사랑에 가슴 아픈 우바새 우바이
모두 모여 화회령 삼층탑이 되려마

전윤호의 시를 김춘배가 쓰고 그리다

밤비

전윤호

사랑이 끓기 시작했다
은은한 불에 오래 달군
당신같은 비가 걸어온다
가을걷이도 끝난 벌판
이제 쉴 때가 됐다고
겨울을 덮는 비가 내린다
소근대는 소리 귓전에서
엄마는 어디 갔나
엄마는 어디 갔네
빈 집에 남겨진 아이처럼
잠 못 이루는 비가 내린다
내리다 저린진다 비는
땅에 서 타오른다
뜨거운 내 잠속에
무지개로 걸릴 것이다

전윤호의 시를 황현옥이 쓰고 그리다

096

소양1교

전윤호

네게 가는 길은 좁았다
기나긴 줄이 늘어서고
차례는 오지 않았다
강물 바라보며 울다
새 다리를 건너봤지만
너는 없었다
사랑은 일방통행이다
봉의산에 어둠이 내려 올 때
오래된 다리는 슬프지만
그 보다 더 오래 본 강도
지나가면 돌아오지 않는다
우리는 잠깐 이별에 머리를 채우고
아직도 건너지 못할 뿐이다

전윤호의 시를 황현옥이 쓰고 그리다

안개고등학교

학교 가는 길을 찾을 수가 없어요 아버지
약사동 고개는 온통
안개들만 득실거려요
어딘가 교도소가 있었을 텐데
살짝 어깨 위로만 보이는 소녀들이
문득문득 솟구쳐 올랐다 사라져요
글씨가 사라진 교과서를 들고
입에서 안개를 뿜어내는 선생들이
저를 대학으로 보내줄까요 아버지
맑은 날 머리 깎고 입학한 아이들은
허공에 뿌리 내리고 호수 위를 떠다니다
너무 일찍 깨달아요 신기루가 빚은 세상을
집으로 가는 길을 찾을 수가 없어요 아버지
우리는 이제 여기서 헤어지네요
안개고등학교는 고아들을 길러내지요

춘천에서 온 편지

한번 다녀가지 않겠니

오늘도 안개가 네 안부를 묻더라

공지천에서 자전거 타는 슬픔이

휙하고 모자 날리며 지나가는 가을

기차표 사고 커피 마시던 가게는

허공에 솟구친 아파트가 됐지만

의암호에 첫 눈이 내리기 전에

한번 다녀가지 않겠니

기침이 그치지 않는 밤

긴 외투를 입은 사내가 문을 두드리면

이제는 더 핑계도 없으니

우리 아주 이별하기 전에

명동에서 소주나 마시다 울게

한번 다녀가지 않겠니

회전문*

돌아보니 세상은 치정이더라
마음만으론 되지 않더라
푸른 하늘 보며 저만 불타는 단풍
잡지도 못하면서 울고 있는 폭포
돌아보니 그대는 소경이더라
놓을 수 없는 지팡이처럼
벼랑 앞에서 제 생각만 하더라
이제 이 문을 지나 허물을 벗으면
오봉산 청평사 푸른 용이 되리니
외사랑에 가슴 아픈 우바새 우바이
모두 모여 환희령 삼층탑이 되려마

---

* 회전문 – 청평사의 문

열일곱

아침을 밟고 다녔지
전두환이 대통령이 되고
사북에 광부들이 일어났을 때
교련복을 입고 제식 훈련을 받았지
공수부대 나온 체육 선생이
이단 옆차기로 학생에게 날아오르고
반공웅변대회가 악을 썼네
춘여고와 유봉여고 학생들이
새침한 얼굴로 언덕을 올라가던 열일곱
여드름을 뿔테 안경으로 가리고
유일한 희망은 대학생이 되는 것
머리 기르고 생맥주 집에서 연애하는 것
학교는 일가족이 지배하고
선생들은 밤이면 소주를 마시는데
아침을 밟고 다녔지
못난 어른들이 시키는 대로
조금씩 죽으며 살았네

구봉산 전망대

우주는 점점 커진다지
태양계도 계속 움직이고
새로운 별들이 스쳐간다지

은하계 행성들만큼
우연과 오해가 없었다면
서로 만날 수 있었을까

전진하라는 북소리를 들으며
방패 속에서 손을 꼭 잡고
끝까지 살아남을 수나 있었을까

우리는 빅뱅의 자식들
다른 방향으로 달려나가지만
빛나는 새끼 손가락은 묶여 있지

커피 한잔 마시고

각자 차를 타고 떠나는 전망대

이별은 슬프지 않아 궤도가 다를 뿐이지

춘천 1980

고등학교 입학해 시가 옮았다

매독처럼 평생

건전한 생각을 갉아먹었다

잠복 기간 동안 내성을 키우렴

우린 정상인이 아니니

페니실린 주사도 소용 없단다

병자가 병자를 가르치는 학교에서

아이들은 성적을 버리고 시인이 되었다

은밀히 군인들이 지배하는 나라에서

더러는 감옥에 가고

더러는 외국에 나가더니

조금씩 미쳐갔다 저 독한 후유증

안개로 둘러싸인 도시는

말만 봄이었지

시골서 올라온 아이들에게

치명적인 환경이었다

한 번 떠나면 돌아오지 못했다

10월 춘천

이 동네 겨울은 사나워서
가을이 가기 전에
청평사라도 다녀와야지
외출을 결심하자 바지가 사라졌다
양말을 신는데 지갑이 안 보인다
창밖에 안개가 웃고
건전지도 안 바꾼 시계가 다시 간다
아직 못 쓴 시들이 날아와
내 머리에 어금니를 박았다
허공을 떠도는 유령들
이 도시는 시인을 학살한다

구봉산

별에서 가까운 동네는
별들의 먼지를 뒤집어쓰지
우주도 늘 공사 중
철거되는 별들이 추락하네
지구의 인물이래야
우주의 폐기물
잘난 척 해봤자
슬픔이 내장된 별똥별이지
춘천을 내려다보며
커피 마시는 당신은
어느 은하 출신일까
아직도 어깨가 반짝이는 오후
구봉산은 별들의 패총이라네

귀거래사

기다리는 게 싫어
먼저 떠나며 살았는데
다시 대문에 불 켜고
당신을 기다린다
다리는 안개에 잠기고
모든 사랑은 떠났다
이제 나를 데려가다오
언제든 따라나설 수 있게
머리맡에 미련을 개어놓았다
어둠에서 바람이 분다

떠날 때

단풍나무 앞세워 가더라

개도 안 짖는 아침

주섬주섬 가방 싸고

들썩이는 어깨가

안개 속으로 사라지더라

이별하는 순간을 딱 들킨 가을이

나뭇잎 몇 장 황망하게 뿌리고

아무도 울지 않더라

사랑은 아니더라 사는 일이란 게

악착같이 밥을 씹고

적당히 진상도 부리면서

때 되면 알아서 일어나는 눈치가 전부더라

대문도 창도 다 닫힌 동네

식솔들은 모두 잠들었는데

대충대충 눈도장만 남기고

떠나더라 다시 오지 않을 기세로

만천리

산에 혼자 있으니
유령들이 따라다니고
내가 자는 모습을 내가 본다

왜 매일 자고
또 일어나야 하는지
고아처럼 버려진 신발들

조금 더 버티면
미개한 육신 벗고
좋은 시 한 편 얻을 수 있을까

비 오는 춘천
누군가 이쪽을 보고 있는지
젖은 불빛이 반짝거린다

방부제

물결이 북을 치는 의암호에서

커피를 마시며 네가 물었지

왜 소주를 마셔

노를 저으며 어둠이 전진하고

옷깃 올린 바람이 불기 시작했네

푸른 눈 화장을 한 주인은 작은 전구를 켜고

한 천 년 잊었던 노래가 흘렀지

아무 슬픈 일도 없던 어느 날 저녁

자다 일어나 실컷 울고

썩은 냄새가 풍기는 걸 알았거든

문득 카페는 관이 있는 현실이 되고

삼각형의 거대한 벽이 보이네

농담인 줄 까르르 웃는 너

뇌도 없고 내장도 없는 하루

머리 위로 달이 뜨고
이 별은 헐떡이며 끝을 향해 달려가지만
나는 구석에서 방부제를 마시지
우리는 무덤 속의 거주민이니까

밤비

사방이 끓기 시작했다
은은한 불에 오래 달군
당신 같은 비가 걸어온다
가을걷이도 끝난 벌판
이제 쉴 때가 됐다고
겨울을 덮는 비가 내린다
소근대는 소리 귓전에서
엄마는 어디 갔니
엄마는 어디 갔니
빈집에 남겨진 아이처럼
잠 못 이루는 비가 내린다
내리다 사라진다 비는
땅에서 타오르다
뜨거운 내 잠 속에
무지개로 걸릴 것이다

소양1교

네게 가는 길은 좁았다
기나긴 줄이 늘어서고
차례는 오지 않았다
강물 바라보며 울다
새 다리를 건너봤지만
너는 없었다
그리움은 일방통행이다
봉의산에 어둠이 내려올 때
오래된 다리는 슬프지만
그보다 더 오래된 강도
지나가면 돌아오지 않는다
우리는 고작 이별에 다리를 세우고
아직도 건너지 못할 뿐이다

어쩌다 실연

가을볕 맞으며 자전거 타는 동안
환한 얼굴로 의암호가 웃는 동안
문득 깨달았네 실연당했다는 걸

사랑하는 사람들 다 어디로 가고
어쩌다 이 아름다운 세상에
혼자 남겨졌을까

밤마다 잠이 마르고
아침이면 까닭 없이 왜 슬픈 건지
이제 알겠네 너무 늦었지만

좁은 길은 새 길로 이어지고
바퀴 위에서 돌아보지 못하는 사람들이
페달을 밟으며 울고 있네

종점 풍경

오늘 아침은 안개와 먹었다

커튼 내린 당신 집이 보였다

노루처럼 깡충 강아지가 튀어나오고

한 오십 먹은 새들이 울었다

교복을 입은 소녀들이 지나가고

이른 아침이면 무조건 학교로 가던 소년은

세상이 안개라는 걸 몰랐다

지친 사람들은 춘천에서 사라진다

눈 속까지 안개가 들어차고

밤에는 지우개처럼 비가 내린다

이 뒤에 뭐가 있는지 아무도 모른다

청평사

오늘은 청평사로 가야지
간밤 꿈이 너무 선명해
놀라 깬 아침
몸에 구렁이 비늘이 생겼네

소양댐에서 배를 타고
호수를 건너간 사람은
아직 돌아오지 않고
댐과 함께 나만 낡았네

내가 막은 수십억 톤의 기억들
바닥을 모르는 후회들
이제는 회전문에 버리고
오봉산으로 기어 올라가야지

새벽안개에 단풍이 붉고
빈 하늘 보며 개들이 짖는데
당신의 얼굴이 생각나지 않아
해를 기다리며 또아리 틀고 있네

춘천 춘천

당신이 아무리 말려도

춘천으로 갈 거야

지금 불러보면 참 낯설지만

겨울에도 봄이 흐르는

젊은이의 도시

골목마다 숨겨진 카페가 있고

안개 내리면 화가들이 출몰하는

가로수처럼 늘어선 시가 비를 맞는 곳

재 뿌리는 정치인도

머리 쪼아대는 텃새들도

몽땅 얼려버리는 겨울

고등학교 교복 입고

입김 호호 불며 자전거 타고

남춘천역으로 마중 갈 거야

당신이 아무리 말려도

결국은 이리로 올 테니

막국수 잘 마는 집이나 알아보면서

춘천으로 갈 거야 더 숨지 않을 거야

사랑하는 사람이여

나는 점점 늙고 있어

가을, 춘천

창 열고 자다 한밤에 깼어
귓속에서 귀뚜라미 울더군
여름만 사는 젊을 때
소나기로 만나고 헤어졌는데
이제 눈 쌓일 일만 남았네
사냥 나간 부족은 돌아오지 않고
동굴에 버려진 노인처럼
당신의 태양과 달을 그려
태어났으니 열심히 살았고
봄은 다시 보지 못할 테니
문지방에 걸리는 미련 없기를
겨울이 내 고향이야

늦은 산책

한밤에 춘천을 걷습니다
35년 만에 모교를 찾아갑니다
시화전에 왔던 소녀는 어디로 갔을까요

나를 닮은 아이들이
길을 막고 걸어갑니다
욕도 하고 침도 뱉으면서
암센터를 지나갑니다

첨 보는 아가씨가 두 손을 모으고
길을 막더니
수행을 하는 사람이라 하네요

어쩌면 우리는
모두 수행하는 사람들입니다

어떤 이는 사기를 치고
어떤 이는 욕을 하지요
내가 찾는 학교도
이 우주에 있는 게 아닐지도 모릅니다

춘천은 할 말이 없으면 안개가 내리고
중독된 아이들은 늙어갑니다
여러분이 아는 공지천은
원래가 신기루입니다
이 도시는 안개 위에 세워졌으니까요

꽃을 들고 시화전에 왔던 소녀는
통통한 볼로 웃으며
내 친구의 아이를 가졌습니다
그 아이는 태어나지 못하고
춘천의 가로수가 되었지요

남들 다 자는 한밤에
아는 길을 찾는 중입니다
가도 가도 낯설고
여기는 그 별이 아닌 듯 합니다

내가 아는 도시는 어디로 갔을까요
학생들은 시를 쓰고
선생들은 소주를 마시던
내 학교가 보이지 않네요

염병이나 확 퍼져
다 사라졌으면 좋겠습니다
다른 세상도 찾아보게요
늦은 산책은 몸에 해롭답니다

몽환
시대

최 준 의 시

"그 도시엔 여전히

　　　그립고 사랑하는 이들이 산다."

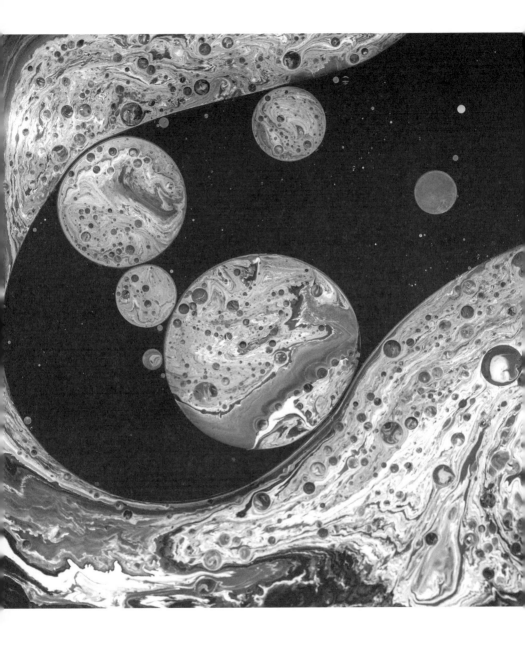

시인의 말

춘천에서 보낸 날들이 까마득하다.

뽕나무밭이 바다가 된 세월.

그 도시엔 여전히 그립고 사랑하는 이들이 산다.

그쪽으로 마음 방향을 돌리면 왠지 모를 미안함으로 고개를 숙인다.

준 것 없이 받기만 했다.

은혜 갚을 날이 있겠지.

2017년 겨울

최준

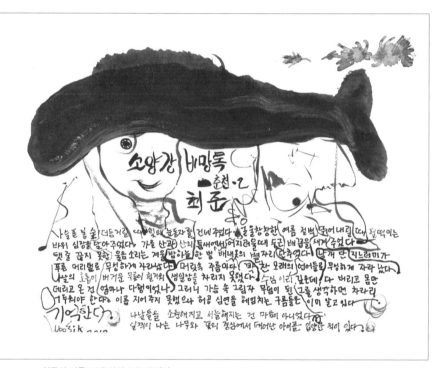

최준의 시를 변우식이 쓰고 그리다

남천저녁 ㅡ초ㄱ·ㅣ

마음 속 호수에 노는 물고기를 기르던 사람들
내류 문지의 슬픔 지느러미로 저마다의 삶을 새긴 비늘 하나씩 열구려에
매어달고 안개 물결을 헤엄치던, 사람들
시절과 시대와 늘 한 발짝씩 뒤처지면서도 내일을 떡진이라 믿었던 사람들
촉수의 수염만 기르는 이 도시는 밀림이고, 무덤이고, 늪이고,
그러나 빼어쓰 추억마저 보내에 물어야만 한다고 간절하던 사람들
내혼철기 내장을 끌어 고백하지 못하면서도 가늘 은영일의 굴섬임으로
노랗게 입술 뜰뜰던 사람들
그래서 삶은 종종 세상 너머로 빠져 나갈 물길을 잃어버리고 담장 아래
버려진 오지그릇에 고이는 빗물로 발을 씻었나
처음이자 끝이었던 어제를 버리고 고개 돌리면 모든 게 순간이었고
추억마저 지웠나
떠나자고, 떠나야 한다고
지느러미 떼어버리고 아가미만 숨 쉬며 남쪽으로 출항하는 가슴에
올랐나

아주아침이면 심일월
自作詩를 쓰다 최 군

최준이 짓고 쓰고 그리다

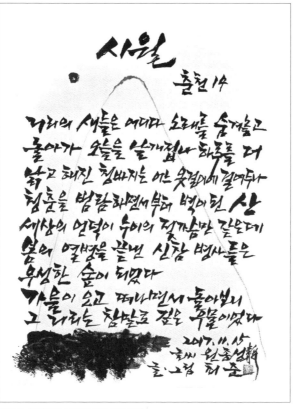

최준이 시를 짓고 그리고 원종성이 쓰다

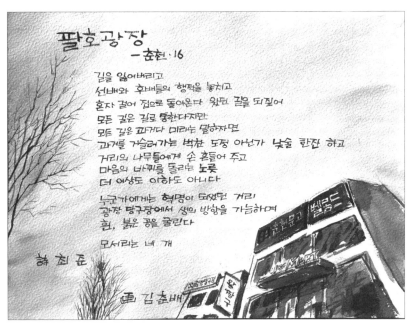

팔호광장
— 춘천·16

길을 잃어버리고
선배와 후배들의 행적을 놓치고
혼자 걸어 집으로 돌아온다 왔던 길을 되짚어
모든 길은 길로 통한다지만
모든 길은 끊기다 미리는 말하자면
과거를 거슬러가는 벅찬 도정 아닌가 낮술 한잔 하고
거리의 나무들에게 손 흔들어 주고
마음의 바퀴를 돌리는 노릇
더 이상도 이하도 아니다

누군가에게는 혁명이 되었던 거리
광장 당구장에서 삶의 방향을 가늠하며
흰, 붉은 공을 굴린다

모서리는 네 개

詩 최준

畵 김춘배

최준의 시를 김춘배가 그리다

132

라일락 향기
초천 18

리준

새 교과서를 받았어요
교실을 옮기야지 책상도 음악도
미술 시간도

친구를 버리고
선생님도 바꿔야지

어디 계셨다가 이제야 나타나셨네요 선생님은 진즉에
진작에 만났어야 할 분이셨는데

만남은 늘 늦는 거랍니다 늦으니까
만남이지

머리가 아파요 제게도
머리가 있다는 걸
깨우쳐 주시려던 선생님
술을 주시고 노래도 주시고

그런데, 그래서 싫지 않은데

내 안의 아이가 자꾸 죽어가요 나를 닮은 아이들이
봄의 교실에서 해마다
창 밖 내려 화단에 핀 라일락 향기에 취해

그 많던 내 아이들은 다 어디로 날아간 걸까요

이용진 쓰다

최준의 시를 이용진이 쓰다

남춘천역
— 춘천·1

마음 속 호수에 눈 먼 물고기를 기르던 사람들

　내륙 분지의 슬픈 지느러미로 저마다의 삶을 새긴 색종이 비늘 하나씩 옆구리
에 매어달고 안개 물결을 헤엄치던 사람들

　시절과 시대와 한 발짝씩 뒤처지면서도 내일을 영원이라 믿었던 사람들

　촉수와 수염만 기르는 이 도시는 밀림이고, 무덤이고, 늪이고,

　그러니 뼈아픈 추억마저 봄내에 묻어야만 한다고 간절하던 사람들

　내출혈인 사랑을 끝내 고백하지 못하면서도 가을 은행잎의 글썽임으로 노랗게
입술 물들던 사람들

　그래서 삶은 종종 세상 너머로 빠져나갈 물길을 잃어버리고 담장 아래 버려진
오지그릇에 고이는 빗물로 발을 씻었나

처음이자 끝이었던 어제를 버리고 고개 돌리면 모든 게 순간이었던 추억마저
지웠나

떠나자고, 떠나야 한다고

지느러미 떼어버리고 아가미만 숨 쉬며 난바다로 출항하는 기차에 올랐나

소양강 비망록
— 춘천·2

사슴 푼 봄 숲 더듬거릴 때 빛의 눈동자를 건네주었다

울울창창한 여름 절벽 뛰어내릴 때 펄떡이는 바위 심장을 달아주었다

가을 산과 산의 틈새에서 어지러울 때 둥근 배꼽을 새겨주었다

탯줄 끊지 못한 울음소리는 겨울 밤하늘 한 벌 배내옷의 별자리 단추였다

날개 단 지느러미가 푸른 머리털로 무성하게 자라났다

머릿속 주름마다 꽉 찬 모래의 언어들로 귀가 어두워졌다

나날의 호흡이 버거운 무릎이 헐거워 생일상을 차리지 못했다

수심 이리 깊은데, 다 버리고 몸만 데리고 온 건 얼마나 다행이었나

그러니 가슴 속 그림자 무덤이 된 그를 생각하면 차라리 어두워야 한다

이름 지어주지 못했으나 허공 심연을 헤엄치는 구름들은 이미 알고 있다

기억한다

나날들을 소원해지고 서늘해지는 건 마음이 아니었다

일찍이 나는 나무와 꽃의 중심에서 태어난 아이를 입양한 적이 있다

외할머니전 상서
― 춘천·3

어제를 잠 깨면

오늘을 아침 차려 주셨지요 때도

시절도 없이

여섯 자식 낳아 기르신 당신의 마당

수돗가 시멘트 바닥에 핀

비누거품 꽃술에 손가락 베이며

그랬던, 그 많은 날들은

생이 참 환하게도 잘 보이는,

있음에서

다시, 없음으로 내일이

오늘을 데려갔었지요 어제를 완성하려고

당신 닮아 부리만 뾰족한

탈출을 꿈꾸는 극락조가 날았었지요

날개 깃든 추녀 끝에

수돗물방울 소리가 하루를 마침표 찍었었지요

그리고,

다시, 마침내

나날인 허공의 날들이 시작되었죠

아, 그런데

저를 낳은 어머니의 엄마이신 당신이

어느 날부터 보이지 않네요

당신 안 계신 당신의 뜨락에서

당신이 낳은 아들딸들의 아들딸들만 어제를 건너와

오늘을 환하게 꽃 피고 있네요

사춘기
— 춘천·4

용돈을 모아
엘피판을 사자 음악이 비 내리는데
빗물 담아서 오늘을 마실 우산도 없으니
잡풀 무성한 소양강 강둑까지
비를 비 맞으며 걸어가는 거야

요선동 레코드점에서 산 음악을 깔고 앉아
트랙이 바뀐 인생의 노래를 부르는 건 어때?

내일 옮길 이삿짐은 리어카에 실려 있어
새 자취방을 구할 때까지는
길이 재워줄 테지

오늘은 강둑에서 하룻밤
베짱이가 되는 거야
생이 이토록 먼 길인 줄 알았더라면
여기까지 걸어오지도 않았을 거야
손은 바지주머니가 적당해
고독이 이불이고
학교는 모기장이야

연필을 깎다가 손가락을 베이면서
피가 붉은 게 신기하지 않았어?
이 둑길 끝엔 우주로 가는 기차가
텅 빈 역사 앞에 멈춰 서 있어

그러니 울지 마
노래를 불러 노래나 만지며 놀아
까까머리 이마에 미열이 있다는 건
약국이 아직 문 닫지 않았다는 거

짐 부릴 리어카만 멀쩡하면 되잖아

어딘가엔 문 열어 둔 빈방이 하나
어제로 돌아갈 주인을 기다리고 있을 거야

명동
— 춘천·5

한때는 모두가 명품이었지
빵과 음악의 거리에서
코와 귀만 열어놓으면 영혼마저 배불렀으니

밤 없는 거리에서
거리 찾아 헤매던 시절

마주치지 않으려고
등을 내어주며 앞서 걸었지 거북이걸음으로
빵집에서 검은 교복의 시간이 익어가는 동안
분지의 삶은 집이 아닌
그냥 거리였지 낯설어 마음 편했지

어제의 노래가 오늘을 낳았던

우리는 다 고아였어 조율 안 된 기타를 메고

전날 밤 아팠던 네가 다음 날

내 방황의 이마를 말없이 짚어주었지

비가 내리면 우산

눈 내리면 모자

쇼윈도 유명 브랜드 옷집 앞에서

마네킹이 되는 거야 옷을 바꿔 입으면

너는 천사, 나는 악마

알코올에 탈색된 이빨을 드러내 보이며

중앙시장통으로 유유히 사라졌지

빈 단풍잎 손바닥엔 벌레들이 남긴 잎맥이 없었지

첫사랑

― 춘천·6

앞집 목련나무가 환하게 꽃필 때

철제 대문을 열고 교복 입은 소녀 하나

그 집 걸어 나올 때

검은 책가방과 파란 보온도시락

백지 목련이 배경이 되어

소녀는 꽃 한 송이로 앞만 보고 걸어갔다

꽃송이의 무게와 그 하얀 설렘!

나는 이모가 셋

엄마의 다른 이름들

그런데

다들 만년 소녀들

결혼하고

아이 낳고

아이들 다 가르쳐 떠나보낸 세월 너머

아직도 배운다

이렇게 지나왔는데도

길을 몰라

안경을 쓴다

안개 손님
― 춘천·7

폭풍의 언덕 없는 그곳에도

풍우의 날들이 있었다 가을은 오고

늦은 아침밥을 먹던 시월 일요일

골목 가득 들어찬 안개

때문에, 관절염을 앓았다

연탄불에 구운 조기를 발라 숟가락에 얹어주시며

혹여 누가 올까 낡은 철대문을

닫지 않았다 외할머니는

여섯 자식들을 어떻게 키웠을까

느닷없지만
안개는 아주 난해한 문장
태어남과 죽음이 도무지 해독되지 않는
이 도시의 질서
모두가 손님이었다 눈을 뜨면
눈이 어두워지던 골목
아침마다 바깥이 지워졌다

약사리 고개
― 춘천·8

머릿속에 그려 넣은 지도가 없을 때

검은 구름이 붉은 구름을 낳아놓고 자신은 비가 되어 내릴 때

차선을 바꾸자 앞서 굴러가던 바퀴가 문득 사라졌을 때

고라니의 눈동자를 근심하는 중앙선으로 날개 단 고양이가 불쑥 뛰어들 때

불빛이 어둠을 비추며 길 밖의 모든 배경을 지울 때

내가 가고 있는지 길이 가고 있는지 페달이 된 발가락이 간지러울 때

옆 자리에 앉아 있던 표지판이 안전띠 맨 가로수로 바뀔 때

다 지나왔다고, 여기가 종착이라고 한숨 쉴 때

음악 없는 행진을 멈추고 차창에 비친 낯선 풍경에게 안녕, 손을 흔들 때

문 열고 내려서며 안에 두고 온 지난 여정을 가두어 잠글 때

이제 끝이라 여겼으나, 그대가 그대의 길을 슬리퍼 끌고 마중 나올 때

공지천
— 춘천·9

여기까지 걸어오느라 힘들었던 무릎 앞에다

호수를 펼쳐놓고

둑에 앉아 밤새 가야금을 타다

음률 없는 낚싯바늘엔

애인을 잃어버린 불쌍한 총각 처녀들이 입질을 하고

등 뒤로 이따금씩 기차가 지나가면

제일로 아픈 사람을 물고기 미끼로 던지다

새끼들을 다 잃고 한 때의 사랑을 떠나보내고

과부 엄마만 남은

신축 아파트단지에 가로등 켜지다

공지 사라지다

봉의산을 기억하는 방식
— 춘천·10

때로, 생은
불의를 사랑하기도 하지
발원은 참 웃긴 화두
사랑이 있는 나무와
사랑의 저주로 물든 잎들이
한 숲에서 헤엄치는 거

이거, 다 가짜야 진즉에
내가 말했지 언젠가는
담벼락에 새긴 낙서의 범람이 있을 거라고

세상을 다 내려놓고 세상과 논다니
이를 어째?
닭갈비와 막국수의 거리에서
내일도 산으로 남아야 한다는 거

잎이 져도
나무는 나무

봉황은 언제부터 둥지를 떠났나

산봉우리보다 빌딩이 높아졌나

어제의 뽕밭이 바닷가 절벽이 되었나

봄, 1980
― 춘천·11

하찮은 혁명이라도 있었더라면
우리 청춘
참 많이도 기뻤을 텐데요
광주까지는 아주 먼 거리여서
나는 그저 아팠었지요 술국에 막걸리를 마시며
머잖아 다가올 청년을 고뇌했었지요

어디에 계셨나요 그 아픔들은

신념과 개벽은 아주 먼 사이라는 걸
스승들은 그때 알고 계셨었나요

여기서

다 자라
다 죽고 나서

우리, 다시 만날까요 그럴 수 있을까요

더 이상 비극 아닌

그날의 추억만으로요

여전히 어둑하고 눅눅한

요선동

막걸리집에서

소방서 앞에서의 후회
― 춘천·12

미군부대와 춘천역

인형처럼 어여쁜 누이들의 홍등가를 다 알았지만

모르는 척해야 했지

마약을 너무 하지 마

그건 우리 생의 포크 기타에 대한 모독

한 번의 불꽃은 용서라는 이름으로

또 한 번의 실수는 방화범으로

생은 구속되고, 무릎이 꺾였지

어디로 가지?

혁명을 다룰 수 없는 우리에겐 술과 음악뿐

자정을 불 끄는 건 심야의 관행

아니라고 하겠지만
우린 다 아팠지 아픔을 빌미로
여기까지 굴러왔지

춘천이 이러면 어때?
음악과 연애와 친구들의 거리인데
방화만 저지르지 않으면
싫든 좋든 다 후배 친구 선배 선생님
안녕하세요 사랑해요
웃으며 인사할 수 있었는데

한잔 술로 더불어 불 끄러 출동하자고
약속했었는데

철새족
─ 춘천·13

어깨를 맞부딪히면서

참 많은 산맥을 건너왔다고 여정을 토해놓지만
이 도시의 낭만은 무덤 있는 자들만의 고유한 권력

아직도 사랑하는 친구가 살고 있지 절망과 희망은

아주 먼 욕망

미안하기만 하지 수많은 거짓들

친구의 진실들

껴안고 가야 할 서로의 비밀들

다시, 이제, 춘천

변두리 과수원의 사과가 익는다

거리와 침묵은 너를 영혼으로 사랑한다

그냥 가자

사랑한다니까

이게 절망이라니까

절망의 힘으로

다시 눈을 떠야지

시월
　　― 춘천·14

거리의 새들은 어디다 노래를 숨겨놓고

오늘을 날개 접나 하루를 더

낡고 해진 청바지는 어느 옷걸이에 걸어두나

청춘을 범람하면서부터 벽이 된 산

세상의 중심이 누이의 젖가슴만 같은데

봄의 열병을 끝낸 병사들은 이제

무성한 숲이 되었다

가을이 오고

떠나면서 돌아보니 그 거리는 참말로 깊은 해연이었다

팔호광장
― 춘천·15

길을 잃어버리고

선배와 후배들의 행적을 놓치고

혼자 걸어 집으로 돌아온다 왔던 길을 되짚어

모든 길은 길로 통한다지만

모든 길은 과거다 미래는 말하자면

과거를 거슬러가는 벅찬 도정 아닌가 낮술 한잔 하고

거리의 나무들에게 손 흔들어주고

마음의 바퀴를 돌리는 노릇

더 이상도 이하도 아니다

누군가에게는 혁명이 되었던 거리

광장 당구장에서 생의 방향을 가늠하며

흰, 붉은 공을 굴린다

모서리는 네 개

약사동과 운교동 지나
경춘선 철길 건너 온의동까지
— 춘천·16

고맙습니다 이모님들
국화꽃에서 장미와 억새의 이름으로
우유를 주시고 밥과 김치를
그 다함없는 사랑을 제가, 대체

어디서, 누구에게 배웠을까요
고맙습니다 늘 이모님들이셨던 이모님들
어머니보다도 더 어머님들이셨던

행복하셔야지요
이모님들보다 더 이모님들 같은 이모부님들
고맙습니다 한 그루 나무로
날개 접은 뱁새로
참 많이도 쏘다녔던 그 옛 길

인연은 뿌리보다 깊었지요 고맙습니다
어머니의 여동생님들
성장기를 발 디디고 살게 해주신 분들
처녀처럼 예쁘게 늙으신 당신들
여전히 맑아서 눈물 나는
춘천댐으로 모실까요
선홍빛 볼 붉은 송어회나 먹으러 갈까요

고백하지요 그 시절 그때 저는
눈 뜨면 해를 띄운 하늘보다
해를 춤추는 나뭇잎들이 더 좋았어요
이모님들의 날개에 숨어
깊고 평화로운 잠에 빠졌었지요

아세요? 그 분지의 성장기를
추억이라 하기엔 너무 멀리 지나왔어요

몽환시대

이제부터는

허공을 날아다녀도 된다는 허락을 받았어 열여섯 살

친구들의 발바닥엔 솜털 날개가 돋았지

운교동 흐린 지하 만화방 불빛 아래

눈에 불 켜고 밤새 학습한 무협만화는

그림이 더 좋아

나를 잊어야 무례한 개들을 무찌르고

강 건너 사과 과수원을 점령할 수 있었지

영양실조의 닭과 봉황은

해와 달과는 도무지 궁합이 안 맞아

골목 독서실 가로등 그늘로만 숨어들었지

거기서 영영 빠져나오지 못했다면

우리는 모두 무림의 전설이 되었을 텐데

참 오랜 배회의 시간을 지나

옛 거리에서 다시 만난 친구들은
잘 벼린 칼 대신
펜과 술잔을 들고 있었지
그동안 무엇을 베었냐고 묻는 건
친구들에 대한 참 못된 결례
가슴에 난 상처들이 아픈 걸 다 아는데
웃음만은 그대로
만화책에 꽂혀 있던 그 맑은 눈동자들이
안경을 쓰고
시립도서관에서 교양서적을 뒤적거렸다
도청 아니면 동사무소에서라도
앉을 자리 찾아
행복했던 지난 시절을 반추하며

라일락 향기

새 교과서를 받았으면
교실을 옮겨야지 책상도 음악도
미술 시간도

친구를 버리고
선생님도 바꿔야지

어디 계셨다가 이제야 나타나셨어요 선생님은 진즉에
전생에 만나야 할 분이셨는데

만남은 늘 늦는 거란다 늦으니까
만남이지

머리가 아파요 제게도
머리가 있다는 걸
깨우쳐 주시려던 선생님
술을 주시고 뭇매도 주시고

그런데, 그러셨었는데

내 안의 아이가 자꾸 죽어가요 나를 닮은 아이들이
봄의 교실에서 해마다
창문 너머 화단에 핀 라일락 향기에 취해

그 많던 내 아이들은 다 어디로 날아간 걸까요

그리고
— 춘천·19

빛이 사라지기까지 그리 오래 걸리지는 않았다
네 눈 속에서 눈이 사라질 때
너는 무얼 보고 있었나 작년처럼
의자에 먼저 와 앉아 기다리고 있던 봄, 그의 얼굴에
겨울의 흰 눈썹이 붙어 있었던가

눈이 사라지자 길이 열렸다
너는 봄과 마주앉자마자 눈 이야기를 먼저 꺼냈다
눈이 사라지자
길이 열리고, 벽이 생겼다고

벽의 반대편에서 넌 거울을 닦고 있었냐고
내가 물었다 막 돋아나기 시작한 푸른 수염을 쓰다듬으며
겨울에 떠난 심장들의 안부를
눈이 사라지자마자 방문한 봄의 불온한 저의를

눈이 사라지자 다시 태어나는 눈들
눈 속에 숨어 있다가 눈을 뜨는 눈들
모든 게 바깥에서 벽이 되는
흰자위뿐인 눈알들

길을 가다 마주치기라도 하면
꽃이라고 불러주면서 눈인사를 나누기도 하는

여름 지나 가을까지는
올해도 너무 먼 길

속죄

― 춘천·20

잘못됐었다고

제대로 살아야겠다고

어제의 나는 내가 아니었다고

없었다고

아주 최근에

좀 전에

이제, 나는 비로소

나라고

내 아내와

자식들과

친구들이 있다고

아내의 부모님들이 아직 건강하시다고

책을 버리고

길을 선택한다

나를 버린다 지상의 모든 비극들이

더 이상 비극이 아닐 때까지

그때까지만

살아 있기로 한다

해설

"어린 나이에 가족을 떠나 낯선 곳과 싸우며 보낸 못지않게 어둡고 암울하기도 했던 시절, 그들은 이 도시에서 무엇을 보고 느꼈기에 시의 길을 걷기로 한 것일까? 고향과 이후 살아가는 삶의 공간을 잇는, 어쩌면 정거장과도 같은 이 도시가 그들에게는 무슨 의미일까?"

춘천이라는 시

박철화 (문학평론가)

춘천(春川)이라는 도시는 이름이 참 재미있다. 그곳 사람들은 우리말로 풀어서 '봄내'라고 부르길 좋아한다. 말 그대로. 봄의 냇가! 지금은 북한강에 화천댐, 춘천댐, 의암댐 그리고 소양댐까지 놓여 있어서 강이 깊고 넓지만 예전에는 그렇지 않았다. 북한의 개마고원만큼이야 아니겠으나 강원도 내륙 영서 지방은 꽤나 추운 곳이다. 긴 겨울이 지나고 산자락 눈과 얼음이 녹을 즈음이면 높은 산의 골짜기마다 맑은 물이 비치고, 그 물이 모이며 내를 이뤄 이 도시 앞으로 흘러들었다. 그래서 어디나 그 계절엔 예쁘겠지만 춘천의 봄은 유독 아름다웠던 모양이다. 추운 겨울을 보내고 햇살이 부드럽게 풀어지는 곳에 맑은 물이 모여 흐르는 동네! 그러니 이름이 봄내, 곧 춘천이 되었을 것이다.

이 도시의 그 맑은 물은 흘러 흘러 두물머리라 불리는 양수리에서 남한강과 만나 한강을 이루어 서해로 간다. 눈치 빠른 사람들은 이미 알겠지만, 수도권 시민들이 먹고 마시는 물의 양대 젖줄이다. 그 운명이 이 도시를 더욱 특징짓는다. 그 맑은 물과 자연 때문에 춘천에는 오염 가능성이 있는 산업시설이 들어설 수 없기 때문이다. 덕분에 깨끗하고 맑은 도시를 유지할 수 있었지만, 산업화의 혜택에서 비껴나게 되었다.

산업화는 곧 일자리를 찾아 사람이 모이고 도시가 성장한다는 것을 의미한다. 이런 산업화와는 담을 쌓고 지내다보니 도시는 수십 년째 제자리다. 모르는 사람들은 그 아담함과 소박함을 사랑하지만, 변화 없는 도시는 심심하다 못해 때로 권태가 느껴지기도 한다.

그런 춘천을 그나마 버티도록 해주는 것은 딱 세 가지다. 하나는, 강원도 도청 소재지라는 점이다. 규모는 작으나 행정 중심지가 되었다. 원칙을 따지는 꽤나 고지식한 공무원이 많다. 다른 하나는, 교육 도시라는 점이다. 30만 인구가 채 못 되는 곳에 각각 국립과 사립 종합대학이 있다. 두 대학 모두 의과대학까지 갖고 있다. 그래서인지 거주민 대비 젊은 학생들이 많다. 그리고 마지막으로 하나는, 서울 가까이 위치한 지리적 이점(利點) 때문인지 주말이면 수도권 시민들이 몰려든다는 점이다. 호젓한 이 도시가 주말이면 교통 체증과 함께 기이한 활기에 사로잡힌다. 결코 조용하기만 할 수는 없는 운명을 갖고 있는 셈이다.

어쨌거나 행정 중심지라 상대적으로 교통이 편한 데다 교육 기관이 많아서인지 이 도시에는 외진 지역에서 학교를 찾아 유학 오는 학생들이 많다. 오늘 우리가 읽을 세 시인이 공교롭게도 모두 그런 사람들이다. 각각 1980년을 전후로 이 도시의 고등학교에 입학하여 내리 3년 동안 낯설고 외로운 유학 생활을 했고, 예외 없이 서울로 대학 진학을 하였으며, 멀리 유학을 보낸 가족의 애초의 바람과는 달리 "성적을 버리고" 시(詩)라는 외롭고 불편한 말의 길을 간다. 누가 시킨 것도 아닌데 말이다.

여기서 잠깐 화제를 돌리자. 마흔여덟에 일찍 세상을 뜬 내 스승 김현 선생은 전라도 진도 태생으로, 목포에서 성장하고, 고등학교 때부터 서울살이를 했는데도 돌아가시기 전까지 당신을 시골 촌놈이라 지칭했다. 어느 날인가 스승의 연구실에서 불쑥 전라도엔 왜 그리 글쟁이가 많은가 여쭀더니, 산과 물이 맑아서라고 했다. 내가 콧방귀를 뀌며, 그것으로 치자면 강원도가 훨씬 윗길이라고 했더니, 스승은 이렇게 답했다. 강원도는 너무 맑지! 한방 맞았다. 그렇다, 그 맑음을 노래하는 서정 시인은 많아도, 사연 많은 잡설(雜說)은 쓰기 어려운 곳!

그 강원도의 산골 소년들이 일찌감치 말의 마성(魔性)에 사로잡혀, 남들 눈에는 시시해 보일지도 모르는, 이해받지 못할 시의 길을 간 것이다. 십대의 가장 예민한, 그래서 반짝이기도 했지만, 어린 나이에 가족을 떠나 낯선 곳과 싸우며 보낸 못지않게 어둡고 암울하기도 했던 시절, 그들은 이 도시에서 무엇을 보고 느꼈기에 시의 길을 걷기로 한 것일까? 고향과 이후 살아가는 삶의 공간을 잇는, 어쩌면 정거장과도 같은 이 도시가 그들에게는 무슨 의미일까?

고등학교 입학해 시가 옮았다

매독처럼 평생

건전한 생각을 갉아먹었다

잠복 기간 동안 내성을 키우렴

우린 정상인이 아니니

페니실린 주사도 소용 없단다

병자가 병자를 가르치는 학교에서

아이들은 성적을 버리고 시인이 되었다

은밀히 군인들이 지배하는 나라에서

더러는 감옥에 가고

더러는 외국에 나가더니

조금씩 미쳐갔다 저 독한 후유증

안개로 둘러싸인 도시는

말만 봄이었지

시골서 올라온 아이들에게

치명적인 환경이었다

한 번 떠나면 돌아오지 못했다

— 전윤호, 「춘천 1980」 전문

그래도 이름처럼 춘천은 봄의 도시다. 박정대는 그래서 '네가 봄이런가' 하고 묻는다. 춘천 인근 신남 실레마을 출신 작가 김유정을 빌려 그는 춘천의 봄을 다시 찾는다. 김유정의 '동백꽃'은 남쪽 지방에 피는 동백나무의 붉은 꽃이 아니라, 중부지역의 봄에 산수유와 비슷하게 노랗게 피어나는 생강나무의 꽃이다. 봄의 노란 햇살이 그 노란 동백꽃을 부르고, 생강나무의 생강처럼 그 '알싸한 향기'를 따라 생각에 잠기면, 이젠 사라지고 없는 '사랑의 기억'이 별처럼 떠오른다. 그런 사랑이 어떻게 슬프지 않을까? 길고 추운 겨울 끝에 찾아온 봄은 환하고 아름답지만, 짧은 그만큼 안타까워서 슬프다.

게다가 이들이 저마다 춘천에서 유학 생활을 하던 1980년 이 땅의 봄은 결코 아름답지 않았다. 아니 아름다울 수 없었다. 흉흉한 소문이 피와 죽음의 꼬리표를 달고서 안개가 도시를 점령하듯 이들의 젊음을 잠식했다. 맑은 서정시를 쓰기 어려워 더 아프고 고뇌했을 불우한 청춘의 시간이었다.

하찮은 혁명이라도 있었더라면

우리 청춘

참 많이도 기뻤을 텐데요

광주까지는 아주 먼 거리여서

나는 그저 아팠었지요 술국에 막걸리를 마시며

머잖아 다가올 청년을 고뇌했었지요

어디에 계셨나요 그 아픔들은

신념과 개벽은 아주 먼 사이라는 걸

스승들은 그때 알고 계셨었나요

여기서

다 자라

다 죽고 나서

우리, 다시 만날까요 그럴 수 있을까요

더 이상 비극 아닌

그날의 추억만으로요

여전히 어둑하고 눅눅한

요선동

막걸리집에서

　　　　　　　　— 최준, 「봄, 1980 — 춘천·11」 전문

　이들에게 안개는 그렇게 막막하고 힘든 청춘의 상징일 것이다. 춘천은 맑은 산과 물의 도시이지만, 그 맑음 때문에 온 사방의 댐에 갇히게 되었다. 겨울이면 전국 빙상대회가 열리던 공지천은 의암댐에 갇혀 흐르지 못하며 악취 나는 호수로 변하기도 했고, 북쪽의 소양댐은 그 엄청난 규모로 이 도시를 바꿔놓았다. 많은 수몰민을 낳으며 정처 없는 삶을 더했고, 무엇보다 도시의 투명한 대기를 물과 땅의 온도차 때문에 피어나는 안개로 뿌옇게 색칠을 했다. 한번쯤 휙 하니 가볍게 다녀가는 외지인의 눈에 그 안개는 현실을 지운다는 점에서 낭만적이기도 할 것이다. 그러나 안에서 지내야 하는 사람에게 그것은 단절로써 누군가는 사라지고 이별하며 무언가는 지워지는 엄연한 현실이다.

폭풍의 언덕 없는 그곳에도

풍우의 날들이 있었다 가을은 오고

늦은 아침밥을 먹던 시월 일요일

골목 가득 들어찬 안개

때문에, 관절염을 앓았다

연탄불에 구운 조기를 발라 숟가락에 얹어주시며

혹여 누가 올까 낡은 철대문을

닫지 않았다 외할머니는

여섯 자식들을 어떻게 키웠을까

느닷없지만

안개는 아주 난해한 문장

태어남과 죽음이 도무지 해독되지 않는

이 도시의 질서

모두가 손님이었다 눈을 뜨면

눈이 어두워지던 골목

아침마다 바깥이 지워졌다

　　　　　　— 최준, 「안개 손님—춘천·7」 전문

학교 가는 길을 찾을 수가 없어요 아버지

약사동 고개는 온통

안개들만 득실거려요

어딘가 교도소가 있었을 텐데

살짝 어깨 위로만 보이는 소녀들이

문득문득 솟구쳐 올랐다 사라져요

글씨가 사라진 교과서를 들고

입에서 안개를 뿜어내는 선생들이

저를 대학으로 보내줄까요 아버지

맑은 날 머리 깎고 입학한 아이들은

허공에 뿌리 내리고 호수 위를 떠다니다

너무 일찍 깨달아요 신기루가 빚은 세상을

집으로 가는 길을 찾을 수가 없어요 아버지

우리는 이제 여기서 헤어지네요

안개고등학교는 고아들을 길러내지요

　　　　　　　　　　— 전윤호, 「안개고등학교」 전문

그래도 그곳에서 누군가는 안개 저 너머를 꿈꾸기도 했을 것이다. 현실 도피로서의 나약한 낭만이 아니라, 내가 살 땅을 꿈꾸는 몽상, 혁명가의 낭만으로! 비록 그것이 힘들고 아픈 일이라도 사랑의 기억이 있는 한 그 몽상을 멈출 수는 없다. 그때 흐르는 물처럼 시라는 말의 길이 트일 것이다. 시란 그렇게 존재와 세계의 행복을 꿈꾸는 말이며, 영혼을 울리는 먼 북소리다.

드럼 연주자가 나오는 영화를 보면서

너를 떠올렸어

피흘리는 손가락에 밴드를 붙이고

심장을 두드리던 곳

안개 자욱한 날이면

새들이 날아와 몸을 숨기던 좁은 골목들

소양로 낡은 2층 건물엔

북 치는 소년이라는 작은 카페도 있었지

그때의 드러머들은 어디로 갔나

그때의 몽상가들은 모두 어디로 갔나

아직도 두드리면 춘춘

소리 날 것 같은 너를 천천

히 걷는다 오

춘천

북 치는 소년이여

　　　— 박정대, 「춘춘」 전문

　타지에서 진학하여 다른 곳으로 떠나기 전까지 정거장처럼 들렀던 춘
천에서 이 세 시인은 고통과 행복의 말을 함께 배웠다. 아무리 시간이 흘
러도 시골 촌놈인 그들에게 더 넓고 큰 세상은 얼마나 불친절했을 것인
가? 그들은 거기서 세상의 현실이라는 거친 날줄에 시라는 말의 씨줄을
엮어 저마다의 생을 지었다. 그 생은 말이 그러하듯 때로 고통스럽고, 때
로는 즐거웠을 것이다. 그러던 어느 날, 시에 감염된, 외할머니와 이모들
의 따듯함이 추억처럼 남아, 북소리처럼 울리는 이곳으로 돌아왔다. 여
기서 그들은 여전히 혼자이고, 외롭고, 쓸쓸하지만, 꼭 불행지는 않을
것이다. 춘천은 마치 말과 생의 첫사랑처럼 설렘의 목련꽃 같은 안개이
불을 덮어줄 테니! 그래서 이들이 충분히 아프고 힘들었을 테니 이제는
이 산과 물의 도시에서 잠시 말의 짐을 베고 쉬었다 가길 나는 바란다.

슬라브식 연애

1판 1쇄 인쇄 2017년 12월 20일
1판 1쇄 발행 2017년 12월 30일

지은이   박정대, 전윤호, 최준
발행인   윤미소
발행처   (주)달아실출판사

기획   박제영
편집/디자인   안수연
마케팅   배상휘

주소   강원도 춘천시 서부대성로 48번길 12, 2층
전화   033-241-7661
팩스   033-241-7662
이메일   dalasilmoongo@naver.com
출판등록   2016년 12월 30일 제494호

ISBN 979-11-88710-02-7 03810